Catherine May

NEUN TAGE FRAU

Teil 1

Bibliographische Information der Deutschen Nationalbibliothek:
Die Deutsche Nationalbibliothek verzeichnet diese Publikation
in der Deutschen Nationalbibliografie. Detaillierte bibliografische
Daten sind im Internet unter http://dnb.dnb.de abrufbar.

© 2016 Catherine May
Herstellung und Verlag:
BoD – Books on Demand, Norderstedt

ISBN: 978-3-7392-2829-7

„Wenn du die Dinge anders als gewohnt machst,
lässt du zu, dass ein neuer Mensch in dir wächst."

Paulo Coelho

Prolog

Am Anfang stand ein Streit. Sie hatte ihm zum wiederholten Mal mangelndes Verständnis vorgeworfen, er hatte diesen Vorwurf mit etwas weniger Vehemenz von sich gewiesen: Es sei, so hatte er angeführt, ein objektiv feststellbares Faktum, dass sie schon wieder zu ihrem Termin hatten rennen müssen, weil sie, Barbara, mit ihren Vorbereitungen – Anziehen, Schminken, die Wahl der Schuhe und so weiter – nicht fertig geworden sei. Die Formulierung „ein objektiv feststellbares Faktum", die er unbedacht gewählt hatte, hatte sie zu seiner Erleichterung nicht in Rage versetzt. Stattdessen hatte sie reagiert, als sei sie darauf vorbereitet gewesen. Das Gespräch war in einer neuen Richtung verlaufen.

„Ich glaube," hatte sie gesagt, „du machst dir keine Vorstellung davon, woraus diese Vorbereitungen eigentlich bestehen. Du rasierst dich, ziehst dir deinen Anzug an, bindest deine Krawatte, kämmst dich und fertig."

„Und?" hatte er gefragt, „was musst du tun, das es rechtfertigt, dass wir jedes Mal zu spät kommen? Du solltest deine Vorbereitungen doch langsam einschätzen können, nachdem du inzwischen nahezu zwanzigjährige Übung hast."

Sie hatte ihn lächelnd angesehen und einen Augenblick Zeit vergehen lassen. „Dir ist es doch wichtig, dass ich gut aussehe und du eine attraktive Frau vorzeigen kannst, nicht wahr? Vielleicht solltest du dir einmal klarmachen, was tatsächlich alles notwendig ist, um dieses Ergebnis zu erzielen, statt immer nur zu meinen, Schönheit und Attraktivität seien angeboren oder fielen vom Himmel und seien dann unveränderlich und für immer vorhanden."

Er hatte Mordlust in ihren Augen gesehen und den Eindruck gewonnen, dass sie einen ganz bestimmten Punkt ansteuerte, ohne dass er eine Ahnung davon hatte, welcher Punkt das wohl sei. Das hatte seine Neugier geweckt und er war unbedacht in die Falle getappt. „Wie willst du das anstellen?"

„Hm", hatte sie gemacht und er hatte deutlich erkennen können, dass dieses Zögern gespielt war, „das kommt darauf an, wie weit du zu gehen bereit bist."

„Was meinst du damit?"

„Weißt du", hatte sie betont mit Bedacht geantwortet, „ich bin deine ständigen Vorwürfe leid. Du wünschst dir, dass ich vorzeigbar bin, aber du bist nicht bereit, dafür auch selbst etwas zu tun. Ich finde, dass wir das ändern sollten."

„Indem? Was soll ich tun? Soll ich dir beim Schminken helfen? Oder willst du nur meine Kreditkarte haben?"

„Das letzte", hatte sie kühl geantwortet, „ist Machogehabe, denn ich habe meine eigene Kreditkarte. Aber das erste sollten wir im Auge behalten, nur ... in etwas abgewandelter Form."

„Du sprichst in Rätseln."

„Mit Absicht." Barbara lächelte breit. „Ich finde, wir sollten als erstes die Formulierung ‚wir sollten' aus unserem Wortschatz streichen. Statt immer nur zu sagen, was wir tun *sollten*, ohne dem jedoch Taten folgen zu lassen, sollten wir etwas *tun*. Schließlich bringt es gar nichts, wenn wir uns immer nur weiter streiten. Wichtig ist doch, endlich etwas zu verändern, oder nicht?"

„Und was genau meinst du damit?"

„Welche Worte hast du denn eben verwendet?"

Er hatte gezögert. „Ich weiß nicht, was du meinst."

„Du hast gesagt, du verstehst nicht, was ich mache, wenn ich so viel Zeit brauche, dass wir zu spät kommen."

„Ja, und? Was sollen dem für Taten folgen?"

„Ganz einfach, wir werden dafür sorgen, dass du es verstehst."

„Und wie willst du das anstellen? Soll ich mich in die Ecke auf einen Stuhl setzen und dir bei deinen Vorbereitungen zuschauen?"

„Das wäre natürlich eine Möglichkeit", hatte sie unternehmenslustig gesagt. „Allerdings glaube ich, dass das von vornehereín zum Scheitern verurteilt ist. Du wirst niemals länger als zehn Minuten aushalten, glaub mir. Außerdem fangen meine Vorbereitungen ja viel früher an als mit dem Anziehen und Schminken."

„Wieso? Womit fangen sie denn an?"

„Zum Beispiel mit der Maniküre und der Pediküre. Beim Beine-Rasieren, beim Hautpeeling, beim Eincremen ..."

„Okay, ich weiß, was du meinst."

„Du willst nicht wirklich dabei sein, wenn ich mir die Beine rasiere, oder?"

Nun war er doch vorsichtiger geworden, hatte sich damit begnügt, abwartend die Augenbrauen hochzuziehen.

„Ich wette, spätestens, wenn ich beim zweiten Bein angekommen bin, hast du etwas ganz Dringendes zu erledigen und verlässt deinen Posten."

„Was macht es auch für einen Sinn, wenn ich den

halben Tag herumsitze und zusehe, wie du dir die Beine rasierst ..."

„... und mir die Fingernägel schneide, feile, poliere, lackiere ..."

„... und die Fußnägel ..."

„... und mich eincreme und schminke und frisiere ..."

„... nicht zu vergessen das Zupfen der Augenbrauen oder was immer du da machst."

„... nicht zu vergessen das Zupfen der Augenbrauen, selbstverständlich, das Rasieren der Achselhöhlen und des Schambereichs, das Frisieren, die Wahl der Garderobe, des Schmucks, der Schuhe, der Handtasche ..."

„Okay!" Er hatte die Hände gehoben, als wollte er sich ergeben. „Genug des Vorspiels! Was genau soll ich tun?"

„Da ist es wieder", hatte sie insistiert, „das ‚soll'! Das wollten wir doch streichen."

„*Du* wolltest das streichen. Ich weiß ja noch immer nicht, was auf mich zukommt, wenn ich mich darauf einlasse." Er wollte die Hände wieder sinken lassen.

„Lass sie ruhig oben!" Barbara machte eine entschlossene Bewegung. „Mir gefällt diese Haltung."

Ergeben und ein wenig irritiert hatte er die Hände wieder gehoben.

„Willst Du wirklich verstehen, wie es zugeht, dass ich mit der Zeit nicht immer hundertprozentig zurecht komme?"

„Selbstverständlich!"

„Und du bist wirklich bereit, dafür etwas zu *tun*?"

„Sicher!" Ohne es zugeben zu wollen, hatte er gespürt, wie das Eis unter seinen Füßen plötzlich dünner wurde.

„Auch wenn es dir schwerfallen wird?"

Die ungewöhnlich konstruktive, fast nüchterne Weise, in der dieses Gespräch bis hierhin verlaufen war, hatte es ihm ermöglicht, an dieser Stelle etwas zu sagen, was er an einer solchen Stelle eigentlich immer sagen sollte, und nicht nur an dieser: viel öfter in ihrem gemeinsamen Leben. Also hatte er ganz offen und ehrlich erwidert: „Ich liebe dich, Barbara, und ich möchte wirklich alles tun, was notwendig ist, damit ich dich besser verstehe."

„In Ordnung", hatte sie gesagt, „ich nehme dein Versprechen zur Kenntnis. Dann packen wir es also an!" Sie hatte siegessicher gelächelt, während er sie gespannt angesehen hatte.

„Und was soll ich also tun?"

„Du sollst mir vertrauen."

„Aber das tue ich sowieso."

„Umso besser! Dann kommt hier mein Vorschlag, nein, mein Plan: Wir werden gemeinsam ausgehen!"

Er hatte überrascht seine Hände sinken lassen.

„Nein, nein, lass sie oben, ich bin noch nicht fertig."

„Aber ..."

„Willst du mehr erfahren?"

„Klar ..."

„Dann hör mir zu: Wir werden also ausgehen. Die Kneipe wird nicht hier in der Stadt sein, und es ist keine normale Kneipe. Es ist eine Kneipe für Schwule und Lesben."

Seine Augen weiteten sich.

„Und bevor wir dorthin gehen, wirst du all die Vorbereitungen treffen, die ich normalerweise treffe."

„Mich rasieren?"

„Genau: im Gesicht und an den Beinen!"

„An den Beinen?"

„Und an deinem besten Stück."

„An meinem ..."

„Und du wirst dir die Fingernägel schneiden und feilen."

„Die ..."

„Und lackieren."

Er hatte wortlos seinen Mund offen stehen lassen.

„Auch die Fußnägel!"

„Die Fußnägel?"

„Auch die. Und Dich schminken." Sie hatte ihn angelächelt. „Und dir Seidenstrümpfe und einen Rock anziehen."

„Was?!"

„Du hast mir versprochen, alles zu tun, was ich mir ausdenke."

„Ja, aber ..."

„Willst du einen Rückzieher machen? Bin ich dir das nicht wert?"

„Nein, nein, ich meine nur ..."

Sie hatte ihn mit großen Augen und voll gut gespielten Erstaunens angesehen.

„Aber warum muss ich so auch raus? Reicht es nicht, wenn wir das hier drinnen machen? Quasi als Experiment? Wir könnten ..."

„Nein, das reicht eben nicht." Sie hatte den Eindruck vollkommener Sicherheit vermittelt. „Wir brauchen ein Ziel, einen Anlass, auf den wir uns vorbereiten. Übrigens: Wir werden uns Zeit lassen, all das vorzubereiten. Ich werde nicht zulassen, dass man dir in der Kneipe auf den ersten – oder zweiten – Blick ansieht, dass du nur ein Kerl in Kleidern bist. Dass es eine Schwulen-Lesben-Kneipe ist, soll es dir leichter machen, denn wahrscheinlich bist du dort nicht der einzige, der etwas im Höschen hat, das da nicht hingehört. Aber bevor wir dorthin gehen, werden wir alles sehr gründlich üben: nicht nur das

Schminken, sondern ebenso, wie man als Frau geht, steht, sitzt, wie man sich bückt, schaut, sich bewegt, spricht, wie man die Zigarette hält und wie man trinkt, ohne dass Lippenstift am Glasrand bleibt. Und schließlich: wie man auf die Toilette geht – denn du wirst *so* kaum auf die Herrentoilette gehen können – und wie man dort den Lippenstift nachzieht und das Make-up auffrischt. Wir gehen erst, wenn du in all dem perfekt bist!"

„Wie sollen wir das machen?"

„Wir müssen eben üben! Wir haben ja die Wochenenden. Und am Anfang können wir auch solche Zeiten nutzen, in denen du hier zu Hause bist, während ich im Büro bin. Es spricht ja nichts dagegen, dass du Rock und Bluse trägst, wenn du zu Hause arbeitest."

„Es wird mich von der Arbeit ablenken."

„Dann werden wir dagegen etwas unternehmen. Auch ich habe des öfteren einen Rock an, wenn ich hier zu Hause bin."

„Aber für dich ist es normal, und mich könnte es ... na ja, erregen, zum Beispiel."

„Auch dagegen können wir etwas tun. Ich habe da auch schon eine Idee."

Ganz offensichtlich hatte Barbara alles bereits genau durchdacht. So hatte er am Ende nicht mehr gewusst, was er hatte sagen sollen. Schließlich liebte er seine Frau über alles, und er hatte es ihr versprochen. Nun hatte er nicht durch viele Gegenargumente in den Verdacht geraten wollen, es nicht ernst gemeint zu haben oder nicht zu seinem Wort zu stehen. Außerdem wurden ihm langsam die Arme schwer, die er noch immer erhoben hatte.

„Und du meinst wirklich, dass uns das etwas bringt?"

„Davon bin ich überzeugt!", hatte sie strahlend gesagt. „Und wenn dich schon der *Gedanke*, wie du sagst, *erregt* hat, werden wir bestimmt mehr erreichen als dass du lernst, wie viel Zeit die Vorbereitungen einer Frau tatsächlich erfordern. Vielleicht werden wir beide mehr Spaß damit haben, als du es dir gerade jetzt vorstellen kannst. Vertrau mir."

Kapitel 1
Überraschungen

Seit diesem Gespräch waren drei Wochen vergangen. Sie hatte ihre Kreditkarte immer bei sich und war damit ganz offensichtlich aktiv geworden. An diesem Freitag-Morgen nun fand er auf dem Frühstückstisch, den sie ungewöhnlich sorgfältig gedeckt hatte, einen Zettel vor:

> „Mein Schatz, an diesem Wochenende, das heißt von heute bis Sonntag-Nacht:
> *Lektion 1*
> Du findest im Bad die notwendigen Utensilien:
> Rasiere Dich bitte an Beinen, Armen, der Brust und unter den Achseln – und selbstverständlich im Gesicht –, creme dich ein und dann verbringe den Tag in den Kleidern, die ich dir im Ankleidezimmer bereitgelegt habe. Es wäre schön, wenn ich, wenn ich von der Arbeit nach Hause komme, eine Frau statt eines Kerls vorfinden würde.
> In Liebe
> B."

Nun sollte es also wirklich ernst werden. *Sie* machte ernst und er wollte ihr den Spaß nicht verderben, selbst wenn er heimlich hoffte, dass sie irgendwann – und möglichst bald – die Lust verlieren würde.

Selbstverständlich stellte er sich bei allem, was er im Folgenden tat, ungeschickt an, alles brauchte unendlich viel Zeit. Das Ergebnis des Beinerasierens war zudem unbefriedigend, denn trotz der Verwendung einer wirksamen Rasiercreme, musste er mit einem Lady-Shaver nachhelfen, was nicht ohne blutende Stellen zu bewerkstelligen war. Dafür war das Anziehen der bereitgelegten Strumpfhose umso erregender: den zarten Nylonstoff über die glatte, eingecremte, irgendwie kühle Haut zu ziehen, übte eine ungewohnte Wirkung auf ihn aus. Dies war eine Form der Sinnlichkeit, die er bisher nicht gekannt hatte. Der weich fallende, weite Rock, den sie für dieses erste Mal ausgesucht hatte und der beim Gehen die Beine umspielte, und der BH mit den leicht schwingenden Silikon-Brüsten, die er in zwei Schachteln vorgefunden hatte, tat das Seinige. Schließlich gab der Anblick des Spitzenhöschens in seinem Schritt und der roten Leder-Pumps mit den schmalen Absätzen an seinen Füßen, die sie für ihn besorgt hatte, den Anlass, sich gänzlich unfraulich zu verhalten und für Erleichterung zu sorgen.

Mit schlechtem Gewissen reinigte er sich anschließend und erwog, das Experiment schon an dieser Stelle zu beenden und sich wieder in seine angestammte, männliche Rolle zu flüchten – da fand er einen Zettel in seinem Wäscheschrank:

„Willst du wirklich schon aufgeben? Obwohl du es mir versprochen hast?"

Erschrocken legte er den Zettel wieder dorthin, wo er gelegen hatte, und schlug ärgerlich die Tür des Ankleidezimmers zu. Woher hatte sie das gewusst, verdammt?

Als Barbara abends nach Hause kam, war der Abendbrottisch gedeckt und Tom hatte noch eine Schürze umgebunden, die er in der Küche in eindeutig demonstrativer Position gefunden hatte. Früher als erwartet und ohne dass er sie gehört hatte, stand sie plötzlich in der Tür und musterte ihn kritisch.

„Hm", machte sie, „nett!" Sie lächelte. „Aber eindeutig verbesserungsfähig."

„Hallo du!", sagte er überrascht und sogar etwas schüchtern. Dann schwieg er.

Sie sah ihn weiterhin an. „Hast du mal in den Spiegel geschaut? Hat dir gefallen, was du da gesehen hast?" Sie schaute ihm direkt in die Augen.

„Äh", stammelte er, „also, ja und nein: erst habe ich, aber dann habe ich extra nicht weiter in den Spiegel gesehen. Wie sollte mir auch gefallen, was ich da sehen würde!"

„Okay," sagte sie bestimmt, „du weißt also, was ich meine. Jetzt lass uns erst einmal essen. Ich verhungere."

Beim Essen – sie hatte ihm seinen Rotwein wortlos genommen und stattdessen einen Becher mit dem gleichen Tee hingestellt, den sie selbst trank (er *hasste* Tee!) – eröffnete sie ihm den Plan für dieses Wochenende. Alles lief darauf hinaus, dass er die gesamte Zeit, Tag und Nacht, in Frauenkleidern verbringen und in dieser Zeit alles üben sollte, was man als Frau können musste, jedenfalls in Bezug auf Bewegung und Verhalten. Es blieb kaum eine Minute zur Ruhe, und die wesentlichen Stationen sollten zudem fotographisch oder sogar filmisch festgehalten werden, so dass Fortschritte und Defizite leichter erkennbar würden. Dafür sollte am Samstag zum ersten Mal das ganze Programm durchgezogen werden, samt Makeup, Perücke, Schmuck und Parfum. Danach erst würden die Detail-Übungen beginnen.

„Und? Wie warm ist es in deinem Höschen geworden?", fragte sie unvermittelt und schmunzelte, während sie ihm tief in die Augen blickte.

Er versuchte instinktiv so zu tun, als wüsste er nicht, was sie meinte. Sie sah ihn unverwandt und zunehmend amüsiert an und ließ die Frage unbarmherzig im Raum stehen. „Aha", sagte sie schließlich, „verstehe." Sie nahm einen vorsichtigen Schluck aus ihrer Teetasse. „Nun, dagegen können wir etwas tun. Schließlich will ich das Beste nicht verpassen!"

„Was hast du vor?", fragte er alarmiert, „willst du mich unter eine kalte Dusche stellen oder mir Eisbeutel ins Höschen packen?"

Sie sah ihn weiterhin an und lächelte dabei versonnen. „Das würde funktionieren? Interessant. Darüber sollten wir nachdenken", sagte sie schließlich lächelnd, unterbrach sich aber selbst: „Oh, entschuldige – das war das verbotene Wort! ‚Sollten'. Mit sofortiger Wirkung führen wir Strafen für die Benutzung dieses Worts ein. Was hältst du davon?"

Ohne eine Antwort abzuwarten stand sie auf und ging zum Kühlschrank. Als sie aus der Küche zurückkam, hatte sie einen Coolpack in der Hand.

Er wäre beinahe aufgesprungen. „Hey! Warte mal!" rief er, nun halb in Panik, „nicht *ich* war es, der das Wort benutzt hat, erinnerst du dich? Das warst *du*! Es kommt gar nicht in Frage, dass *ich* dafür bestraft werde und du mir das Ding ins Höschen packst!"

„Du hast es herausgefordert! Und überhaupt: es wird nicht diskutiert! Du hast es mir versprochen."

„Aber das geht jetzt wirklich zu weit."

„Wieso geht das zu weit? Ich schneide dir dein bestes Stück ja nicht ab, oder? Ein bisschen Eis wird dich schon nicht umbringen. Und außerdem: die Liebe erfordert es."

„Die Liebe erfordert es?"

„Die Liebe erfordert es. Wenn du mich so liebst, wie du sagst, wirst du es tun. Denn ich werde selbstverständlich nichts von dir verlangen, das dir schaden könnte. Schließlich würde ich mir damit selbst schaden, oder? Und wenn ich dich liebe und dir helfen will – und das will ich –, muss ich konsequent sein." Sie lächelte ihn herausfordernd an.

Eigenartigerweise spürte er selbst, dass das ohnehin schon gereizte ‚beste Stück' in seinem Spitzenhöschen bei der Aussicht auf diese eigenartige Bestrafung reagierte, indem es sich noch mehr auszudehnen bemühte. Die Konsequenz, mit der Barbara vorging und ihm seine Rückzugsmöglichkeiten verstellte, hatte auch ihren Reiz.

Barbara trat auf ihn zu und fasste ohne ein weiteres Wort in seinen Schritt. „Oh!", machte sie mit gespieltem Schrecken, „in dieses Höschen passt ja gar nichts mehr hinein!" Sie griff unter seinen Rock und zog ruckartig Strumpfhose und Höschen bis auf seine Oberschenkel herunter. Von seinen Fesseln befreit, sprang der Schaft starr nach vorn. Da kniete sie sich vor ihn hin und nahm ihn in ihren Mund.

Tom stöhnte auf. Dann spürte er, wie sie kurz das Coolpack an seine Eier hielt. Er hätte fast einen Satz nach vorn gemacht und rammte auf diese Weise seinen Schwanz kräftig in ihren Mund hinein. Dann kraulte sie seine befreiten Eier und blies seinen Schwanz nach allen Regeln der Kunst.

„Nicht!", rief er, „ich komme gleich!"

Doch spornte sie dieser Ausruf nur umso mehr an. Sie nahm den Schwanz aus dem Mund und rieb ihn kräftig. Als sie merkte, dass er kurz davor war, zu explodieren, nahm sie ihn wieder in den Mund und ließ ihre Zunge mit der Eichel spielen. Als sie noch einmal mit dem Coolpack seine Eier berührte, war es soweit: er spritzte ihr wild zuckend und stöhnend seine gesamte Ladung in den Mund. Sie hielt still, wartete, bis er ruhiger wurde, schluckte alles herunter und säuberte dann liebevoll und sorgfältig den nur zögernd erschlaffenden Schwanz.

Als er sich wieder beruhigt hatte, richtete sie sich lächelnd auf, so dass sie ganz dicht voreinander standen. Leise sagte sie: „Siehst du, es war doch gar nicht so schlimm, oder? Das ist die *eine* Sache, die wir gegen zu wenig Platz in deinem Höschen tun können. Und die andere ist diese."

Damit bückte sie sich, zog sein Höschen wieder hoch, ebenso die Strumpfhose, und stopfte das Coolpack in sein Höschen. „Schließlich müssen wir konsequent sein, oder? Disziplin ist ganz wichtig bei unserem Experiment. Findest du nicht? Eine Frau muss immer *sehr* diszipliniert sein! Die Männer machen sich ja gar keine Vorstellung! Oder? Macht Ihr?"

Er war gerade zu keiner Antwort fähig. Die Kälte wirkte wie ein Schock. So stand er nur da und starrte in die Luft.

Dann nahm er sich zusammen und biss die Zähne zusammen.

„Solche Situationen erlebt man als Frau übrigens ständig", fuhr sie im Plauderton fort und setzte sich wieder an den Tisch. „Zu enge Schuhe, ein verrutschter BH, eine Laufmasche in der Strumpfhose, ein zu enges Miederhöschen, ein sich ständig drehender Rock, eine Bluse, bei der man zu spät erkennt, dass sie durchsichtig ist und außerdem allzu sehr über der Brust spannt, es wird feucht im Höschen und in diesem Moment stellt man fest, dass man die Binden zu Hause vergessen hat – da heißt es: Augen zu und durch. Und improvisieren. Regel Nr. 1: Man darf sich nichts anmerken lassen. Das betrifft auch andere Dinge, beispielsweise die Regelblutung. Glaubst du, dass es das Selbstbewusstsein besonders aufbaut, wenn du eine feuchte Binde entsorgen oder dir einen Tampon einführen oder entfernen musst? Eben bist du noch beim Business-Meeting und versuchst, ‚deinen Mann zu stehen', jetzt sitzt du auf der Toilette und musst Dir ... na ja. Das sind so Augenblicke, in denen es richtig daneben ist, eine Frau zu sein. Schließlich blutest du immer dann, wenn du es am wenigsten brauchen kannst. – Apropos: Auch das gehört natürlich dazu; auch das werden wir ausprobieren."

Sie griff in ihre Handtasche, die neben dem Tisch stand, und holte ein kleines Päckchen heraus. „Das ist ja unser Grundsatz, nicht wahr: wir werden nichts, wirklich *gar nichts* auslassen, so seltsam es auch aussieht. Als Frau kann man sich auch nicht aussuchen, was man machen will und was nicht. – Los, der wird jetzt eingeführt! Wir haben unsere Tage!"

Ihr Ton verriet, dass sie es vollkommen ernst meinte, selbst wenn Tom es nicht wirklich glauben konnte. Andererseits – wenn er auf diese Weise das vermaledeite Coolpack loswürde, dann hätte er vielleicht sogar etwas gewonnen.

„Was ist mit dem Coolpack?", fragte er und versuchte seine Stimme möglichst sachlich klingen zu lassen.

„Der sitzt doch vorne, oder nicht?"

„Ja, aber ..."

„Er stört also nicht. Schließlich musst du hinten heran."

„Aber er ist verdammt kalt."

„Das ist bei Eis meistens so, oder nicht? Beiß die Zähne zusammen! Ein bisschen musst du noch durchhalten." Sie streichelte ihm mitfühlend über den Kopf.

Dann erklärte sie ihm, wie er den Tampon verwenden sollte, so dass das Bändchen auch schön hinaussah, und schickte ihn ins Bad.

Selbstverständlich war es etwas unangenehm, ihn einzuführen. Tom versuchte sich zu entspannen. Dann schob er noch etwas mit dem Zeigefinger nach, bis er

‚richtig' saß, und versicherte sich, dass der Faden heraushing – andernfalls konnte es problematisch werden, wie Barbara ihm extra erklärt hatte. Dabei musste er schüchtern grinsen.

Als er mit rotem Kopf wieder ins Esszimmer zurückkehrte, saß sie wartend da. „Zeig!", sagte sie.

Er hatte sich gerade hinsetzen wollen und blieb nun wie angewurzelt stehen. „Was?! Hey", sagte er schließlich, „ist es üblich, dass Freundinnen einander unter den Rock gucken und überprüfen, ob der Tampon richtig sitzt?"

„Darum geht es doch gar nicht", konterte sie, „ich muss meine Schülerin doch kontrollieren. Sonst kann ich ihr schließlich nicht helfen."

Widerwillig drehte er sich um. „Schülerin" – die Formulierung gefiel ihm irgendwie, selbst wenn er zögerte, sich das einzugestehen.

„Also mach schon!" Ihr Ton klang etwas besänftigender. „Und außerdem: Freundinnen haben wirklich keine Geheimnisse voreinander!"

Er beugte sich leicht nach vorne und zog den Rock über den Po hoch, der schön säuberlich in der Strumpfhose steckte. Barbara stand auf, trat hinter ihn und sah genau hin: das blaue Bändchen war durch den feinen Stoff deutlich zu sehen. Sonst nichts. Wie es sein sollte. Dann griff sie ihm in den Schritt und fasste den Coolpack. Mit den Worten „Wir wollen doch nicht, dass er Schaden nimmt", bugsierte sie es aus dem Höschen heraus. Wie zufällig bekam sie dabei das ‚beste Stück' in ihre Finger. „Oh," sagte sie mit gespielter Überraschung, „der ist ja schon fast wieder in Form!"

Tom richtete sich auf, nicht zuletzt, um dem knetenden Griff zu entkommen. Er dreht sich um und ließ den Rock fallen.

„Nun", überlegte sie und fixierte seinen Schritt mit einem kritischen Blick, „so geht das aber wirklich nicht. Schau mal, selbst dieser weite Rock hat da vorne eine Beule. Wenn du so in der Kneipe auftauchst, wirst du schnell auf einem Tisch stehen und alle Blicke werden sich auf deinen schönen Rock richten. Das geht nicht. Warte!"

Sie verschwand im Schlafzimmer und kam mit zwei festen Miederhosen zurück. „Diese Hosen sollen bei Frauen anderes im Zaum halten, aber sie wirken auch bei ihnen figurformend. Daran wirst du mit deinem süßen kleinen Bauch übrigens auch nicht vorbeikommen. Besser also, du gewöhnst dich beizeiten daran. Wir werden damit jetzt etwas improvisieren. Zieh die hier an!"

Damit reichte sie ihm die weiße der beiden Miederhosen. Er nahm sie und wollte gerade hineinsteigen, da sagte sie plötzlich: „Stopp! Andersherum!"

Er sah sie verständnislos an. „Du sollst sie verkehrt herum anziehen! Ich will, dass dein bestes Stück nach hinten gezogen wird, so dass du einen flacheren Schritt bekommst."

Also drehte er die Hose um und zog sie verkehrt herum an. Als er sie fast hochgezogen hatte, befahl sie: „Jetzt diese", und gab ihm auch die andere, schwarze Miederhose, „diesmal richtig herum."

Als er auch diese fast hochgezogen hatte, musste er seinen Schwanz von hinten durch die Beine ziehen. In diesem Augenblick ergriff Barbara beide Miederhosen und zog sie so kräftig nach oben, dass er fast den Kontakt zum Boden verloren hätte. Sie zog und zippelte noch etwas an den Hosen, dann strich sie einmal über seinen Schritt und stellte befriedigt fest: „So, jetzt hast du einen flachen, einen einigermaßen weiblichen Schritt.

So kannst du auch enge Röcke tragen! Und so kommt dein Knackarsch viel besser zur Geltung, obwohl" – sie begutachtete ihn fachmännisch – „wir da vielleicht noch etwas mit Polstern nachhelfen sollten. Mal sehen!"

Den Rest des Abends verbrachten sie damit, über das Frausein zu sprechen. Barbara förderte noch einige Röcke und Blusen zutage, die Tom ausprobierte und an denen er feststellen konnte, wie sich das Gefühl von enger und weiter Kleidung unterschied, wie sich spontan auch seine Bewegungen veränderten, wenn er Kleidung trug, die nur bestimmte Möglichkeiten der Bewegung ließ – und wie schön es sein konnte, bequeme Kleidung zu tragen, die einen nirgendwo einschränkte.

Schließlich streckte Barbara sich. „Das reicht für heute, findest du nicht?"

Selbst wenn es ihm schwerfiel, sich dies einzugestehen, stellte er fest, dass er es genossen hatte. Es war ein eigenartig erregendes Abenteuer. Dennoch willigte er ein.

„Ach, übrigens", sagte sie plötzlich, als fiele es ihr erst jetzt ein, „ich habe ja auch noch etwas für dich!" Damit verschwand sie im Schlafzimmer und kam mit einem kurzen, champagnerfarbenen Seidennachthemd mit vielen Spitzen zurück. In ihrer anderen Hand hielt sie das dazu passende Höschen. „Das ist dein Outfit für die Nacht. Zieh es an!"

Während er sich der Kleider, der Strumpfhose und der Miederhosen entledigte und das Nachthemd samt Höschen anzog, hatte er nicht bemerkt, dass sie wieder den Raum verlassen hatte. Plötzlich hörte er, wie sie aus dem Schlafzimmer nach ihm rief.

Als er das Zimmer betrat, blieb er überrascht in der Tür stehen „Wouw!" entfuhr es ihm. Sie lag auf dem

Bett und hatte das gleiche Nachthemd, das er in Champagner trug, in dunkelblau an und räkelte sich lasziv in den seidenen Laken. In diesem Augenblick spürte er so deutlich wie nie zuvor, wie sehr er sie bewunderte und wie er ihre weiblichen Kurven liebte.

„Willst du die ganze Nacht da stehen bleiben?"

Er beeilte sich, zu ihr ins Bett zu kommen. Sie nahm ihn in die Arme und rieb ihren warmen, weichen Körper an dem seinen. „Komm", flüsterte sie ihm ins Ohr, „leck mich!" Sie legte sich auf den Rücken und breitete ihre Beine aus. Da sah er, dass sie im Unterschied zu ihm kein Höschen trug. Er legte sich zwischen ihre Beine und näherte sich ihrer Scham. Sie hatte sich vollständig rasiert. Mit der Zunge begann er, die glatte, weiche Haut zu erkunden. Schließlich näherte er sich ihrer Spalte und begann sie zärtlich zu lecken. Barbara stöhnte genießerisch. „Ja", seufzte sie, „darauf habe ich schon die ganze Zeit gewartet!"

Er roch an ihr, stieß die Nase zwischen die Schamlippen. Sie waren heiß und feucht. Er machte die Zunge ganz breit und schleckte über die verführerische Spalte. „Mehr!" stieß sie hervor, „tiefer!" Er verhärtete die Zunge und stieß sanft in sie vor. Wie geil all dies war! Ein Augenblick der Erfüllung. Jetzt konnte er sich für all die Genüsse bedanken, die sie ihm heute verschafft hatte. Und dafür nahm er sich viel Zeit. Er drang mit der Zunge langsam immer weiter in sie ein. Sie zog mit ihren Fingern die Schamlippen auseinander und drückte ihren Schoß gegen sein Gesicht. „Komm, mein Liebling", flüsterte sie, „mach es mir!" Und sie legte ihre Beine über seine Schultern und zog ihn an sich.

Kapitel 2
Judith

Am nächsten Morgen hoffte Tom trotz aller kaum eingestandenen Genüsse heimlich, dass für Barbara das Experiment nun zu Ende war. So war es bei ihm immer: Am Morgen danach kehrten Verstand, ‚gute Erziehung' und das Wissen darum, was ‚man' tut und lässt, zurück und etwas in ihm trieb ihn wieder hinein in das gewöhnliche, ‚normale Leben'. Schon wollte er das Nachthemd ausziehen, da fragte Barbara schlaftrunken von der anderen Seite des Betts, was er vorhabe. „Du willst das doch nicht ausziehen, oder? Du siehst so süß darin aus!"

Verlegen zog er das Nachthemd wieder herunter. „Ich dachte ...", begann er, führte den Satz aber nicht zu Ende. Schließlich hatte er es versprochen. Und langsam kehrte auch die Erinnerung an diese wunderbare Nacht zurück. Sollte es davon wirklich eine Fortsetzung geben? Was spräche eigentlich dagegen?

„Oh", entgegnete sie geziert, „so schnell kommst du da nicht wieder heraus."

Sie griff plötzlich an sein Höschen. Augenblicklich gab es darin eine Reaktion. „Komm, mein Liebling", seufzte sie, „begrüße mich, wie es sich für eine gelehrige Schülerin gehört." Damit spreizte sie verführerisch ihre Beine und genoss es, wie seine Zunge wiederum ihr Spiel aufnahm. Sie war schon wieder warm und feucht, und er gab sich hingebungsvoll seiner Aufgabe hin.

„Das sollte zu unserem täglichen Morgenritual werden", flüsterte sie genießerisch.

Doch als er seinen Kopf aus ihrem Schoß nehmen

wollte und an seinem eigenen Höschen zu nesteln begann, schreckte sie plötzlich auf.

„Oh! War das nicht wieder das verbotene Wort? Was haben wir gestern beschlossen?"

Er wollte widersprechen, doch sie legte ihren Zeigefinger auf seinen Mund. „Warte!" Damit befreite sie sich von ihm und sprang auf, griff in eine Schublade und nahm eine kleine, weiße Pappschachtel heraus. Darin befanden sich in weißes, weiches Papier eingepackt einige durchsichtige Kunststoffringe und eine Röhre, die die Form eines leicht gekrümmten Penis hatte. „Dies ist deine Strafe – du wirst es von heute an tragen", verkündete sie in weihevollem Ton, „übrigens nicht nur während du Frauenkleider trägst. Von heute an bis wir in der Kneipe gewesen sind. Den Schlüssel verwahre selbstverständlich ich, und ich werde auch entscheiden, wann wir dich, wenn überhaupt, kurzfristig davon befreien. Der Keuschheitsgürtel hat früher einmal Frauen diszipliniert und sie für ihre Männer aufgespart – nun dient er eben unserer ‚lesbischen' Beziehung. Tut mir leid, meine Liebe!"

Während dieser Worte hatte sie einen Ring mithilfe eines Stifts so eng um seine Peniswurzel geschlossen, dass er nicht mehr zu lösen war. Dann hatte sie seinen Penis schnell, so lange er noch nicht zu groß dafür war, in das Rohr eingeführt und dieses an der entsprechenden Stelle am Ring eingehakt. Nun ließ sie das Schloss einrasten und hob den Schlüssel triumphierend in die Höhe. „Wie sitzt er?"

„Eng."

Er war enttäuscht und erschrocken.

„Daran wirst du dich gewöhnen."

„Und wenn nicht?"

„Sei nicht so wehleidig. Es gibt Leute, die tragen so etwas jahrelang."

„Woher weißt du das?"

„Ich habe es gelesen."

„Wo?"

„Im Internet – ich habe mich informiert!"

„Vielleicht waren es Lügen."

Sie verdrehte die Augen. „Es gibt verschieden große Ringe. Wir werden schon die richtige Größe für dich finden."

„Und wenn ich mich waschen will?"

„Das geht auch *mit* dem Keuschheitsgürtel. Er wird von nun an zu deinem Leben dazu gehören. Übrigens gibt es auch noch andere Dinge, die ich im Internet erfahren habe ..."

Wieder kapitulierte er vor ihrer Entschlossenheit. „Na ja", sagte er resigniert, „schaun wa ma."

„Apropos", nahm sie den Gedanken wieder auf, „ab unter die Dusche! Heute bist du dran mit Frühstück machen. Aber bitte im Morgenmantel. Und nicht vergessen: mit frischer Wäsche – *duftender* Wäsche –, einschließlich Tampon! Schließlich haben wir unsere Tage."

Das Frühstück verlief in entspannter Atmosphäre. Tom fühlte sich alles in allem wohl, auch Barbara genoss die neue Situation sichtlich. Sie ließ sich etwas mehr als sonst bedienen, schickte ihn ein wenig herum, studierte dabei seine Bewegungen, und hatte ganz offensichtlich Freude daran, ihn in Situationen zu bringen, in denen er verlegen wurde. Schließlich sinnierte sie darüber, ob sie es jetzt, da er einen Keuschheitsgürtel trug, nicht zur Regel erheben sollte, dass er auf ein Höschen vollständig verzichten müsse. Sie verlangte von ihm, dass er sein Höschen gleich jetzt ausziehe – dies aber nicht verschämt und in einem anderen Raum, sondern vor ihren Augen und mit möglichst graziösen Bewegungen. Sie schloss gleich eine kleine Übung in weiblicher Bewegungskunst an – und er musste sofort zum praktischen Teil übergehen: zuerst musste er sich einen Strapsgürtel und Strümpfe anziehen, dazu Stöckelschuhe mit Fesselriemchen, und sich dann, halb nackt, wie er war, ‚auffälliger' bewegen. Er sollte imaginäre Rundungen betonen, den Hintern herausstrecken, beweglicher werden usw.

Ganz am Ende dieses ungewöhnlichen Frühstücks eröffnete sie ihm das Programm für diesen Tag: zunächst ausführliche Morgentoilette mit Rasieren aller relevanten Stellen, sodann Maniküre und Pediküre unter Verwendung eines neutralen – tagtauglichen – Rottons. Schließlich erste Annäherung ans Schminken und Frisieren unter Einsatz einer schwarzen, lockigen Langhaarperücke, die schon im Bad bereit lag.

„Von jetzt an", führte sie schließlich aus, „gehört die Perücke zu deinem Outfit hinzu wie der Keuschheitsgürtel: Sobald du einen BH trägst, trägst du auch die Perücke. Und selbst wenn du keinen BH trägst …", fügte sie süffisant-lächelnd hinzu. „Über Ohrringe lasse ich mit mir verhandeln. Apropos" – ihr Blick wurde lauernd – „wie sieht es mit dem Stechen von Ohrlöchern aus?"

Tom erschrak. Gestochene Ohrlöcher würde er niemandem außerhalb dieser vier Wände erklären können.

„Mit Ohrlöchern", dozierte sie, „erschließt sich dir die wunderbare Welt der Ohrgehänge in den unterschiedlichsten Materialien und Größen – bis hin zu richtig großen Ringen. Es ist ein wunderbares Gefühl, etwas an seinen Ohren baumeln zu haben. Sehr weiblich – vielleicht mit das Weiblichste, das ich kenne. Eigentlich also ein Muss. Findest du nicht auch?"

Er zögert mit einer Antwort.

„Okay, ich sehe, du bist nicht begeistert. Das kommt schon noch, glaub es mir. Wir werden darüber noch sprechen. Vielleicht auch über's Piercing. Am Anfang tun es auch Ohrclips. Für die brauchst du wenigstens keine Löcher. Aber auch die brauchen wir erstmal nur für die Abendgarderobe ... es sei denn, die Dame entdeckt eine ganz besondere Vorliebe dafür. Dann lass ich auch darüber mit mir reden.

Wie übrigens auch über das Zupfen der Augenbrauen, um auch das gleich hinzuzufügen.

Wie wäre es eigentlich mit einem netten Tattoo – vielleicht eine Rose kurz über deiner Scham? Oder ein Schmetterling oder ein Herzchen auf dem Po?" Sie lächelte ihn an. „Na, darüber denken wir noch etwas nach.

Ach, und noch eins" – sie war vor lauter Ideen nicht zu bremsen – „von jetzt an werden die Fingernägel nicht mehr kürzer geschnitten. Bis wir reif für die Kneipe sind, müssen sie wenigstens ordentlich formbar sein – besser wäre natürlich noch, wenn sie schön lang sind. Dann macht es erst richtig Spaß! Auch das, natürlich, etwas *sehr* Weibliches"

Das alles prasselte so schnell und so bestimmt auf ihn nieder, dass er in dieser Geschwindigkeit gar nicht alles begreifen konnte. Fingernägel? Augenbrauen? Ohrlöcher? Was genau hatte sie damit gemeint? Und was würde das für ihn eigentlich bedeuten?

„Und nachmittags müssen wir mit praktischen Übungen beginnen", fuhr sie fort, „Gehen und Sitzen zuerst – wie wäre es mit Tanzen?"

Er konnte es kaum fassen.

„Du lernst selbstverständlich die Frauenschritte! Ach, übrigens", unterbrach sie selbst ihren Redefluss, „du brauchst noch einen Namen, oder? Wenn du einen Rock trägst, Seidenstrümpfe und High heels, brauchst du auch einen Mädchennamen! Alles andere wäre doch wirklich sehr seltsam!"

Der Gedanke war ihm selbst auch schon gekommen. Es gab einen Mädchennamen, den er schon immer geliebt hatte. Spontan sagte er: „Judith!"

Sie sah ihn intensiv an. „Ein schöner Name! Und er passt zu dir! Erstaunlich gut sogar, wenn du mich fragst. Eine schöne Frau, die die Kunst des Verwöhnens beherrschte und die nicht allzu zart, sondern kräftig genug war, dem feisten Holofernes das Haupt abzuschlagen. Also gut: Von jetzt an bist du Judith."

Der größte Teil des Vormittags verging für Judith mit Körperpflege. Noch nie in seinem Leben hatte er so viel Sorgfalt für seinen Körper aufgebracht. Barbara hatte ihm zu allem anderen noch ein Peeling gegeben, mit dem er sich die Haut behandeln musste. Finger- und Fußnägel bearbeitete sie, während er beobachtete, wie seine für einen Mann sehr schlanke, haarlose Hand sich verwandelte. Als sie fertig war, rieb sie die Hände dick mit Creme ein, steckte, als die Creme eingezogen war, eine Reihe von Ringen an seine Finger und schob zierliche Armbänder über seine Handgelenke, nachdem er erneut auch seine Unterarme rasiert hatte.

„Am authentischsten wirken all die Dinge, die nebensächlich wirken wie beispielsweise eine unscheinbare Armbanduhr oder ein kaum zu bemerkendes, scheinbar alltäglich getragenes Armband, eine Halskette, die unter der Bluse halb verborgen ist oder auch der Verschluss des BHs, der sich durch das T-Shirt am Rücken durchdrückt – scheinbare Unachtsamkeiten, Nebensächlichkeiten. Das macht das Ganze glaubwürdig, denn es zeigt, dass es sich nicht nur um eine bloße Verkleidung handelt, sondern bis zum wirklich Intimen reicht."

Als letztes folgte die erste Lektion im Schminken: Grundierung, Camouflage, Rouge, Mascara, Lidschatten, Wimperntusche – er konnte sich längst nicht alles merken, schließlich wurde sogar der Lippenstift mit Umrandung zu einem kleinen Kunstwerk. Als am Ende auch die Perücke aufgesetzt und mit einem Haarreifen gebändigt worden war, erkannte er sich im Spiegel selbst nicht wieder

Bei all dem behinderte ihn ständig der Keuschheitsgürtel, und auch der Tampon drückte irgendwann und hemmte ihn in seinen Bewegungen.

„Nun", sagte Barbara, als er sich beklagte, „wir können ihn selbstverständlich ersetzen", und im nächsten Augenblick hatte sie einen Plug in der Hand, der fingerdick war und sich in der Mitte noch verbreiterte. „Du kannst wählen: Tampon oder Plug, aber *eins* muss sein, schließlich hast du deine Tage!" Sie grinste. „Pillenpause. Aber tröste dich: von übermorgen an nimmst du die Pille ja wieder!"

Er erstarrte. Wie weit wollte sie wirklich gehen?

Ihr war seine Reaktion nicht verborgen geblieben und sie schien sich köstlich zu amüsieren. Sie lachte laut auf. „Kleiner Scherz! Keine Sorge: auch als ‚lesbisches' Paar wollen wir auf nichts verzichten, und dazu muss alles funktionstüchtig bleiben! Selbst wenn *echte* Brüste natürlich ihren eigenen Reiz hätten, findest du nicht?"

Als Judith sich auch noch Strumpfhose, Rock und Bluse sowie die roten Leder-Pumps angezogen hatte, stand eine dezent geschminkte, adrett gekleidete, junge Frau mit langem, schwarzen Haar vor dem Spiegel und war von ihrem eigenen Spiegelbild fasziniert. Das war nicht mehr Tom, der da stand – das war Judith, die Tom, wäre er hier gewesen, sicherlich sexy gefunden hätte.

Dann kamen die ersten praktischen Übungen zum Thema ‚sich bewegen als Frau'. Barbara rief Judith in den Flur, der mit Kacheln belegt war. Sie zeigte auf eine Linie, die sich durch die Fugen etwa in der Mitte des Bodens abzeichnete.

„Auf dieser Linie wirst du jetzt entlanggehen. Sieh zu, dass du beim Gehen beide Füße *auf* die Linie setzt, nicht *daneben* – die Ferse auf die Linie, die Fußspitzen eher nach außen! Bloß keine X-Beine, so lange du High heels trägst; das machen höchstens Teenies."

Judith stellte sich am Beginn der Linie auf und begann zu gehen. Es erinnerte an die Versuche von Kindern über einen Schwebebalken zu laufen. Und wie dort trat sie immer wieder daneben, da sie das Gleichgewicht nicht halten konnte.

„Du musst deinen Schwerpunkt mehr nach hinten verlagern! Und mach kleinere Schritte! Und die Knie durchdrücken! Richtig durchdrücken! Die Oberschenkel dürfen ruhig aneinander reiben, das erzeugt dieses Geräusch, das man bei Frauen oft hört, wenn die Strumpfhose übereinander reibt. Setz ein Bein praktisch um das andere herum, aber so eng, dass sich die Oberschenkel berühren. Und immer die Hacken belasten. Die Absätze dürfen ein schönes Geräusch machen!"

Judith versuchte es noch einmal. Sie ging nun so langsam, dass sie mehrere Male beinahe das Gleichgewicht verloren hätte.

„Das ist schon gar nicht schlecht. Die Schritte sind jetzt schön klein, aber du bist so steif wie ein Brett! Meine Güte! Versuch doch mal, dein Becken zu bewegen. Bei Männern ist das ja meistens eingerostet, aber bei Frauen ist das der Dreh- und Angelpunkt. Drück das Becken mehr heraus!"

Wieder lief Judith über die Linie.

„Mehr! Du bewegst dich ja gar nicht richtig!"

„Ich wackel doch schon mit dem Hintern wie eine Nutte unter der Laterne!"

„Das tust du *nicht*! Du *meinst* zwar, dass du es tust, aber weil du nicht daran gewöhnt bist, kommt dir die Bewegung jetzt schon übertrieben vor. Tatsächlich bist du noch immer steif wie ein Brett."

Judith konzentrierte sich auf Gesäß und Unterleib. Da gab es offenbar ein Gelenk, das ihr bisher nie bewusst geworden war, irgendwo im Steißbereich. Darin konnte sie ihren Po hin und her bewegen, und zugleich wurde so ihr Gang sicherer. Sie konzentrierte sich auf diese Bewegung und spürte dabei, wie die Oberschenkel in der Feinstrumpfhose nun tatsächlich aneinander rieben. Erregend!

„Hey! Nicht träumen! Konzentrier dich!"

Sie lief die Linie entlang und schaffte es diesmal, ohne einen Fehltritt am Ende des Flurs anzukommen.

„Aha! Wir machen Fortschritte. Aber da ist noch viel zu wenig Bewegung drin. Versuch die Bewegung in der Hüfte mal zu übertreiben!"

Auf dem Rückweg über die Linie kam sich Judith affig vor. Die Bewegungen waren viel zu stark. Sie schwang den Hintern so weit heraus, wie es irgend ging. Überraschenderweise nickte Barbara anerkennend.

„Ja, so kann das was werden! Ganz langsam wirst du ein bisschen beweglicher. Ein bisschen mehr Frau. Nochmal!"

Judith ging wieder zurück, setzte die Füße in den Pumps sorgfältig auf die Linie und ließ dann bei jedem Schritt ihr ganzes Gewicht auf der Ferse ab. Sie schob die Hüfte absichtlich weit zur Seite und erinnerte sich daran, wie er es bei Models gesehen hatte, die es ebenfalls zu übertreiben schienen mit dieser Bewegung – und dort sah es keineswegs affig aus.

„Gut!", riss sie Barbara erneut aus ihren Träumen. „Jetzt setz mal den Fuß jeweils auf die andere Seite der Linie. Also den rechten Fuß auf die linke Seite, während dein Körper über der Linie bleibt, und dann den linken Fuß auf die rechte. Sozusagen überkreuz. Und mit mehr Schwung."

Judiths Gang wurde wieder etwas unsicherer, die Bewegungen eckiger, aber auch stärker. Die Oberschenkel rieben aufreizend aneinander, der Absatz auf dem harten Boden klang wunderbar weiblich.

„Okay, so geht das. Immerhin ist das ein Anfang. Ich würde sagen, eine halbe Stunde solltest du noch üben, dann können wir langsam ans Mittagessen denken."

„Eine halbe Stunde soll ich hier im Flur immer hin und her laufen?"

„Ja, warum nicht! Was meinst du, wie pubertierende Mädchen das lernen! Und außerdem sind wir gerade dabei – und du solltest das zu einer täglichen Übung machen, bis unser Kneipentag kommt. Irgendwann geht es dir dann in Fleisch und Blut über, sobald du einen Rock trägst – hoffentlich aber ein bisschen runder, weniger eckig als jetzt. Denk dran: Du musst auf diese Weise gehen können, während du mit einem Mann über die Straße läufst und dich mit ihm unterhältst. Multi-tasking ist ja sonst nicht so deine Stärke, also wirst du es einüben müssen. Denn das sind die Signale, die dem Männchen zeigen sollen, dass das Weibchen paarungsbereit ist. Frauen tragen ihr Fleisch immer und überall zu Markte. Du bist jetzt nicht mehr Zuschauer, sondern du musst dich präsentieren, und je mehr du mit dem Arsch wackelst, desto mehr steigt dein Preis. So ist das nun einmal. Vielleicht erscheint es dir irgendwie erniedrigend, aber so hat es die Natur bei uns Säugetieren nun einmal eingerichtet. Dagegen kommt auch so etwas Neumodisches wie Emanzipation nicht an."

Die nächste halbe Stunde sah der erstaunte Flur die adrette Judith mit klackernden Absätzen auf wenigen Metern immer hin und her stöckeln. Nach gefühlten tausend Mal, als schon ihre Fersen schmerzten und sich die Unterschenkel langsam verkrampften, rief Barbara aus dem Esszimmer zum Mittagessen. Judith war froh, sitzen zu können – allerdings achtete Barbara peinlich genau darauf, dass sie sich weder räkelte noch fläzte, stattdessen musste sie mit geradem Rücken sitzen, die Beine eng nebeneinander und ohne sich anlehnen zu dürfen.

Am Nachmittag sollte das Tagesergebnis fotografisch dokumentiert werden. Judith zog nacheinander eine Reihe von Röcken und Blusen an, die bereits vorhanden waren, dazu wechselweise eine hautfarbene und eine schwarze Strumpfhose. Irgendwann machten sie eine gemütliche Kaffeepause.

„Du, Judith, ich habe mir etwas überlegt."

„Was denn?"

„Irgendwie macht dieses Foto-Shooting nur halb so viel Spaß, wenn man nicht ein konkretes Projekt hat, an dem man arbeitet."

„Ein Projekt? Du meinst zum Beispiel so etwas wie ein Fotoalbum? Ich dachte, das wäre unser Projekt: Wir wollten in einem Fotoalbum meine Fortschritte dokumentieren."

„Ja, sicher. Aber ,dokumentieren', das klingt ein bisschen langweilig, finde ich. Und so werden die Bilder auch: langweilig. Du stehst immer an derselben Stelle der Wohnung und auf die gleiche Art und Weise, als wenn du Kleidung für ein Versandhaus für ältere Damen vorstellen wolltest, oder schlimmer noch: als wenn du privat Kleidung bei ebay verticken wolltest und dafür als lebendiger Garderobenständer posierst. Da fehlt was!"

„Und was stellst du dir vor?"

„Wir könnten uns zum Beispiel vornehmen, dein Profil samt Bildern auf so einer Website für Crossdresser und Transvestiten ins Internet zu stellen."

„Hm."

„Dann kannst du nicht mehr so steif herumstehen wie jetzt, sondern da müsste uns schon etwas Originelleres einfallen."

„Aber dafür bin ich noch viel zu wenig perfekt!"

„Daran müssen wir eben etwas ändern!"

Barbara stellte ihre Kaffeetasse weg und stand schwungvoll auf.

„Los! Das werden wir sofort ausprobieren!"

„Aber müssten wir uns nicht erst einen Text überlegen?"

„Oh, typisch Mann! Erstmal einen Text verfassen, erstmal alles im Kopf durchdenken … Nein, meine Liebe, die *Bilder* sind das wichtigste, den Text kannst du noch immer schreiben, wenn du Lust dazu hast, der ist sowieso schnurz, wenn die Bilder gut sind. Die Bilder müssen ganz einfach heiß sein. Nicht im Sinne von ‚nuttig' – wir wollen dich ja nicht verkaufen – noch nicht"; Barbara lächelte wieder einmal vielsagend, als wäre ihr Kopf voller Pläne, die sie vorläufig noch für sich behielt. „Aber du solltest trotzdem zum Anbeißen sein, ein Betthäschen vielleicht. Ich habe auch schon eine Idee. Ich habe dir nämlich noch etwas mitgebracht."

Sie lief eifrig ins Schlafzimmer und kam mit einer kleinen Tüte wieder.

„Hier, als nächstes wirst du *das* anziehen!"

Damit förderte sie aus der Tüte ein rot-schwarzes Dirndl mit einer kurzen, weißen Dirndlbluse mit Puffärmeln und einer roten Schürze zutage. Als Judith es hochhielt, stellte sie fest, dass das Mieder durch eine lange, zierliche Kette geschnürt wurde.

„Zieh dir wieder eine hautfarbene Strumpfhose an ... oder halt, zieh besser wieder deinen Strapsgürtel mit den entsprechenden Strümpfen an. Los!"

„Strapse zum Dirndl? Passt das denn?"

„Und *wie* das passt! Einerseits sieht man die Strapse ja gar nicht, so lange du den Rock nicht hochhebst – der zugegebenermaßen ziemlich kurz ist. Und außerdem wollen wir ja, dass das Ganze hier mal etwas schärfer wird, oder? Und ein Dirndl ist sowieso *immer* etwas Scharfes."

Judith zog die schwarze Strumpfhose aus, die sie gerade trug, und legte den Strapsgürtel an. Dann nahm sie Strümpfe aus einer kleinen Tüte und rollte sie vorsichtig an ihren Beinen hoch. Bei der Befestigung half ihr Barbara, damit sie auch richtig gerade saßen.

„Heiß!" Barbara begutachtete ihr Werk zufrieden, griff kurz in Judiths Schritt und drückte ein wenig. „Zum Anbeißen!" Dann löste sie sich wieder von Judith. „Jetzt das Dirndl."

Judith streifte die seltsam geschnittene Dirndlbluse über, die direkt unter ihrem Silikon-Busen endete, und stieg dann in das Kleid. Sie schloss den Reißverschluss an der Vorderseite, und dann half ihr Barbara bei der Schnürung mit der dünnen Kette. Sie zog sie ordentlich an. Immer wieder korrigierte sie den Sitz des Busens, schob ihn immer weiter nach oben, wo er durch den Stoff des Kleides gehalten wurde. Irgendwann hatte

Judith das Gefühl, dass der Busen gleich ihr Kinn berühren würde.

„Wouw! Das macht Dir eine richtig schöne Taille und dein Dekolletee ist auch nicht von schlechten Eltern! Vielleicht helfen wir noch etwas mit Schminke nach, aber ansonsten kann sich das auch jetzt schon sehen lassen."

Plötzlich hatte sie ein Kropfband aus schwarzem Samt in der Hand, an dem ein großes, silbernes Herz hing. Sie legte es Judith um den Hals und schloss es in ihrem Nacken. Dann nahm sie die rote Schürze und band sie Judith um, wobei sie sie ordentlich fest zog. Ganz zum Schluss stellte sie ein Paar rote Pumps mit etwa 10 cm hohen Absätzen und Fesselriemchen vor Judith hin, bückte sich, führte Judiths Füße hinein und schloss die Riemchen.

„So, fertig! Na, wenn das nicht appetitlich ist! Wie fühlst du dich?"

Judith stand etwas unsicher auf den hohen Absätzen.

„Ist das Kleid nicht etwas zu klein? Ich meine, es reicht mir nicht einmal bis zu den Knien ..."

„Hey, wer hat gesagt, dass es bis zu den Knöcheln gehen muss? Soetwas kannst du tragen, wenn du dann als Bedienung in einem Schwarzwald-Restaurant anfängst. Oder wenn du zu einer Veranstaltung für die alten Frauen im Dorf gehst. Aber dem Betthäschen steht das kurze viel besser zu Gesicht! Sexy! Und – *by the way* – um deine Beine wird dich manche Frau beneiden!"

„Und jetzt?"

„Mein Gott, bist du steif! Das ist ja nicht zum Aushalten!"

Judith wurde rot. „Na ja", sagte sie, „ich trage so etwas ja nicht alle Tage ..."

„Ok. Daran können wir ja etwas ändern. Aber fürs erste werde ich dir mal ein bisschen helfen."

Damit verschwand sie erneut im Schlafzimmer. Diesmal dauerte es etwas länger, bis sie wieder auftauchte. Judith machte große Augen: Barbara trug eine Lederhose, die einmal zu Karneval zu ihrem Kostüm gehört hatte, als sie einen beschwipsten Oktoberfest-Besucher dargestellt hatte. Damals hatte sie noch lange Haare gehabt, hatte die Haare zu zwei süßen Zöpfchen gebunden – und Tom hatte sich zum wiederholten Mal in sie verliebt. Er war den ganzen Abend nie weiter als 40 Zentimeter von ihr entfernt gewesen, hatte sie ständig berühren müssen – vor allem an ihrem süßen Hintern. Und spät nachts hatten sie den intensivsten Sex gehabt seit sie sich kannten.

Nun hatte sie wieder diese Hose an, dazu ein kariertes Hemd, und sie hatte sich einen dünnen, schwarzen Schnurrbart ins Gesicht gemalt. Die hautfarbene Strumpfhose, die sie unter der Lederhose trug, verriet allerdings, dass die Verkleidung nicht allzu perfekt sein sollte.

„Los, ich hab Hunger! Und vor allem Durst! Du wirst mich jetzt bedienen, als sei ich ein geschätzter Gast im Restaurant ‚Zum geilen Rössl', mit dem du beschäftigt bist. Auf geht's!"

„Ähem, ein Rollenspiel?"

„Nein, ein Fotoshooting!"

Sie ging zum Fotoapparat, der noch immer auf dem Stativ stand, und stellte ihn auf Dauerbetrieb. Von nun an machte er alle zwanzig Sekunden ein Foto."

„Also, wir spielen für die Kamera. Streck ihr nie den Hintern raus, es sei denn, er ist nackt!"

Sie grinste und setzte sich an den Esszimmertisch, der im Fokus der Kamera stand.

„He, Frollein, wollense mich nich ma bedienen?"

Judith kam sich extrem komisch vor. Dennoch stöckelte sie an den Tisch, versuchte sich dabei an ihre Gehübungen vom Vormittag zu erinnern, so dass sie selbstverständlich viel zu langsam und zu unsicher ging. – Klick! Das erste Bild hatte sie erwischt, als sie einen Arm gehoben hatte, um das Gleichgewicht nicht zu verlieren. Sie drehte sich um, ging zurück und stöckelte erneut auf den Tisch zu. Diesmal etwas schneller, und diesmal gelang es ihr besser.

„Sie wünschen?"

„Mein Jott, junge Frau, Sie sind aber zujeknöpft heute! Könn'se nich'n bisschen freundlicher sein zum alten Mann, der durstich is?"

„Entschuldigen sie bitte, ich wollte nicht unfreundlich sein. Ich bin nur ..."

„Was sind se?" Der Gast lehnte sich mit weit gespreizten Beinen in seinem Stuhl zurück und musterte die Bedienung von oben bis unten. Besonders lange ruhte sein Blick in der Mitte von Judiths roter Schürze. „Heiß sind se, Frollein, und" – der Gast fixierte noch immer unverhohlen den Schoß der Bedienung – „und rollig, wenn'se wissen, wassick meene."

Judith sah erschrocken an sich herab. Dann erst erinnerte sie sich daran, dass dort nichts zu sehen sein konnte.

„Watt hammse denn da zwischen den Beenen baumeln, Frollein? Zeign'se ma!" Damit lehnte sich der Gast vor, fasste Judith ungeniert um die Taille und zog sie auf seinen Schoß.

„He!" versuchte Judith zu protestieren, die aufgrund der hohen Absätze beinahe gefallen wäre, „das geht so aber nicht! Wir sind hier in einem sittlichen, äh: sittsamen Lokal!" Sie entwand sich wieder dem Griff des

Gasts und kam unsicher, um ihr Gleichgewicht ringend, wieder vor ihm zu stehen.

„Nu tun se aba ma nich so. Ich bin hier schließlich Stammjast und weeß, wat hier üblich is, wa?!"

„Statt hier die Bedienung zu belästigen, sollten sie vielleicht erst einmal ihre Bestellung aufgeben, guter Mann! Sie halten ja den ganzen Betrieb auf."

„Na datt willick meenen, dattick den Betrieb hier aufhalte, wa? Schließlich bin ich ja jenau deswejen hier. Und wennse damit nich einvastanden sind, dann macht mir det jahnischt." Damit stand Barbara auf und drehte sich Judith zu.

„Wollen sie denn nicht viel lieber etwas trinken? Vielleicht einen Schnaps, oder ein Bier? Oder einen Kaffee?"

„Nee, junge Frau, dett willick janz bestimmt nich! Ich will watt janz anderet!"

Damit fasste Barbara Judith mit dem einen Arm um die Schulter, und mit der anderen Hand hob sie ihren Rock und die Schürze, so dass sie Judith zwischen die Beine greifen konnte. Sie griff zu und hatte den Keuschheitsgürtel fest in ihrer Hand.

„Ha!" bellte sie, „dat lob ick mir! Schließt die Weiber wech, sach ich immer, schließt se bloß wech! Die sind sonst jefährlich! – Los, Frollein, greif mir in mein' Schritt! Ich brauch wohl mal ne kleine Abkühlung!"

Judith wollte sich weiter wehren. Aber Barbara wechselte den Ton.

„Heh, lass dich doch mal ein bisschen gehen! Es macht keinen Spaß, wenn du hier auf Moralapostelin machst!"

Judith entzog sich trotzdem dem Zugriff des kostümierten Kneipengasts und setzte sich selbst an den Tisch.

„So macht mir das aber keinen Spaß. Besonders erotisch finde ich das nicht. Berliner sind Prols, da ist nichts Erregendes dran. Und schöne Fotos kommen dabei bestimmt nicht zustande."

„Wie wäre es dir denn lieber?"

„Vor allem solltest du diese lächerliche Hose wieder ausziehen! Werd' wieder zu einer schönen Frau. Und dann – ich muss mich mal ein bisschen entspannen. Dieser ganze Tag ... ich brauch' einfach mal eine Pause, glaube ich."

„Wie wäre es, wenn wir ein warmes Bad nehmen?"

Judith war erleichtert. „Das wäre toll!"

Also ging Barbara wieder zur Kamera, schaltete sie aus und ging dann ins Bad, um Wasser in die Wanne einlaufen zu lassen. In der Zwischenzeit ging Judith auf den Balkon, der von den Nachbarhäusern nicht einsehbar war, und steckte sich eine Zigarette an, was mit den rotlackierten Fingernägeln einen ganz eigenen Reiz hatte. Judith genoss ihn, denn das Rollenspiel hatte sie wirklich geärgert.

Als Barbara ebenfalls den Balkon betrat, trug sie ihren Bademantel und darunter ganz offensichtlich nicht viel. „Aber ich will, dass du in der Badewanne einen Badeanzug trägst. Der Busen bleibt dran. Ich nehme dir den Keuschheitsgürtel ab, aber nach dem Bad legst du ihn dir wieder an. Einverstanden? Bist du soweit?", fragte sie, als Judith genickt hatte.

Judith machte einen letzten Zug an ihrer Zigarette und genoss dabei wieder unwillkürlich den Anblick der gepflegten, manikürten Hände mit den lackierten Fingernägeln und den geschmackvollen Ringen. Es war kaum zu glauben, wie weiblich all das wirkte. Dann drückte sie die Zigarette im Aschenbecher vorsichtig aus, wobei sie mehr ihre Fingernägel im Blick hatte als die Zigarette, und folgte Barbara, die schon wieder in die Wohnung gegangen war. Im Schlafzimmer zog sie das Dirndl und die Dessous aus und stattdessen den Badeanzug an, den Barbara ihr reichte. Um den Busen an seinem Platz zu fixieren, behielt sie auch den BH an.

„Wenn du gehst, dann bemühe dich darum, die Oberschenkel eng zusammen zu halten. Eine Frau läuft in einem Badeanzug niemals breitbeinig oder mit großen Schritten!"

Sie kam mit dem Schlüssel in der Hand und nahm Judith den Keuschheitsgürtel ab.

„So, und jetzt ab in die Wanne."

Die Wohnung hatte ein großes Bad und die Badewanne war entsprechend proportioniert. Sie konnten bequem zu zweit darin liegen, und noch immer gab es genügend Platz für das Wasser, das sie nun warm und duftend umspielte. Sie hatten sich in den Arm genommen und lagen engumschlungen da. Barbara streichelte Judith über den Bauch, und das Wasser trug die sanfte Bewegung weiter. Judith nahm Barbara noch enger in den Arm und genoss die Wärme ihres weichen Körpers. Langsam entspannte sie sich. Es verging einige Zeit, in der sie nicht sprachen, nur ihre Körper aneinander spürten. Langsam wanderte Barbaras Hand in Judiths Schritt. Dort lag sie unbewegt, und auch Judith bewegte sich nicht. Schließlich glitt die Hand unter den Stoff des Badeanzugs, dorthin, wo kein Keuschheitsgürtel mehr eine Berührung verhinderte. Barbara fasste Judiths Schwanz, der zu wachsen begonnen hatte. Sie hielt ihn. Dann begann sie vorsichtig zu pumpen. Der Schwanz wurde größer und härter, schien seine neue Freiheit erst jetzt zu entdecken. Barbara pumpte weiter, dann strich sie am Schaft leicht auf und ab. Er wuchs und verhärtete sich. Barbara schob ihn unter dem Stoff des Badeanzugs nach oben, so dass er auf Judiths Bauch zu liegen kam. Dann nahm sie die Hand unter dem Stoff weg und legte sie auf den Stoff, unter dem sich der Schwanz deutlich abzeichnete. Sie begann langsam auf und ab zu fahren, und noch immer wuchs der Schwanz. Barbaras Bewegungen wurden schneller. Judith schloss die Augen und gab sich dem Genuss hin. Immer schneller wurden die Bewegungen, und bevor Judiths Gedanken und Gefühle sich ganz in ihre Leistengegend zurückzogen, spürte sie noch, wie die Liebe zu seiner Frau in ihm aufwallte. Sie überschwemmte ihn wie eine Welle, dann begann sein Schwanz zu zucken und pumpte und pumpte, bis Judith glaubte, dass alle Energie aus ihrem Unterleib entwichen war.

Barbaras Hand lag weiterhin auf Judiths Bauch. Sie wartete ab, bis Judith wieder die Augen öffnete. Dann küssten sie sich, zärtlich und lange.

Sie hatten sich gegenseitig abgetrocknet. Barbara hatte Judith eine Lotion gegeben, mit der sie ihren ganzen Körper eincremte. Dann gab sie ihr zarte, braune, mit Spitzen reich besetzte Dessous, einen schwarzen Strapsgürtel und feine, schwarze Strümpfe, während sie selbst sich ins Schlafzimmer zurückzog. Als Judith ihr dahin folgte, wurde sie gerade noch Zeuge, wie Barbara über ihre schwarzen Seiden-Dessous einen eleganten, schwarzen Hosenanzug zog. Es duftete, als hätte Barbara bereits ihr Parfum aufgelegt. Nun drehte sie sich um, stellte ein Bein geziert vor das andere, so dass die Knie voreinander standen und sie in der Taille leicht abknickte, legte ihre Hände an ihren Hinterkopf und sah Judith verführerisch an.

„Wir werden uns einen schönen, festlichen Abend machen, was hältst du davon?"

Judith, eben noch sehr müde, spürte das Knistern im Raum und war sofort wieder hell wach.

„Gut", freute sich Barbara und wurde gleich wieder geschäftig, „dann zieh das hier an."

Damit gab sie Judith ein langes, schwarzes Abendkleid, das Spaghetti-Träger am Oberteil und vom Oberschenkel an einen langen Schlitz hatte und leicht glitzerte. Als Judith es anzog, hatte sie das Gefühl, noch nie einen so leichten, weichen, fast nicht spürbaren Stoff in der Hand und auf der Haut gehabt zu haben. Eine Frau, die das trug, musste sich praktisch nackt vorkommen.

Als sie alles angezogen hatte, legte Barbara ihr wieder den Keuschheitsgürtel an, gab ihr dann einige Ringe für ihre Finger, legte ihr eine extrem zarte Kette mit einer einzelnen Perle um den Hals und gab ihr leichte Ohrclips, die sich Judith sorgfältig an die Ohren steckte. Sie folgte Barbara ins Bad, und dort erneuerte diese ihrer beider Make-up. Alle Farben wurden nun intensiver: der Lidschatten dunkler und breiter, der Lippenstift roter. Schließlich zupfte sie Judith einige Härchen an den Augenbrauen aus und zog diese mit einem Stift so nach, dass sie schmaler aussahen als sie in Wirklichkeit waren. Am Schluss folgte noch etwas Rouge.

„Wir werden losziehen müssen, um für Judith ein Parfum zu besorgen. Schließlich brauchst du dein eigenes – meines passt nicht wirklich zu dir, finde ich."

Damit drückte sie zweimal kurz auf den Spender ihrer Parfumflasche und eine zarte, kühle Wolke senkte sich über Judiths Dekolletee.

„Okay. Ich habe mir gedacht, dass wir für das Abendessen einfach den Pizza-Service rufen. Das ist am einfachsten."

Also suchten sie sich beide eine Pizza und einen Salat aus, und Barbara gab telefonisch die Bestellung auf.

Dann bereiteten sie das Esszimmer für das Essen vor, Judith räumte zugleich das Wohnzimmer auf, entzündete Kerzen und suchte sanfte Musik aus.

„Ich geh mal eben in den Keller, um Wein zu holen", hörte sie plötzlich Barbaras Stimme, und schon fiel die Wohnungstür ins Schloss. Judith richtete sich auf. Die Wohnzimmer-Schrankwand war zum Teil verspiegelt. Judith sah sich im Spiegelbild an, machte in ihren hohen Riemchen-Pumps einige Schritte auf ihr Spiegelbild zu. Sie ging betont langsam und achtete darauf, dass sie die Oberschenkel sorgfältig aneinander vorbei führte. Es raschelte und die Taille wippte leicht hin und her. Es war schon erstaunlich, wie gut all das aussah. Kein Bartschatten war zu sehen, ihre Züge wirkten durch die Schminke fraulich weich, der auffallend glänzende, dunkelrote Lippenstift zog den Blick wie magisch an, selbst die Figur wirkte in diesem Kleid, als wenn sie weibliche Kurven hätte. Die Schuhe konnten verführerischer nicht sein, und als sie ihren Arm hob, klimperten die Armreife leise und ihre Achselhöhle leuchtete makellos weiß.

Plötzlich klingelte es. ‚Aha, sie hat mal wieder ihren Schlüssel vergessen', dachte Judith und ging langsam mit klackernden Absätzen auf die Tür zu. Als sie die Hand auf die Klinke legte, hörte sie eine Stimme vor der Tür „Pizza-Service" sagen.

Judith erstarrte. Der Pizza-Mann! Sie überlegte blitzschnell. Ihre Absätze hatten so laut geklackert, dass er sie gehört haben musste. Sie konnte nicht so tun als wenn niemand da wäre. Sie hatte gar keine andere Wahl: Sie musste öffnen. Würde der Mann erkennen, was los war? Sie war selbst gerade noch von ihrem Spiegelbild fasziniert gewesen. Bei flüchtigem Hinsehen sah sie aus wie eine perfekt geschminkte Frau im Abendkleid. Alles stimmte und passte zusammen, nicht einmal einen Bartschatten konnte man sehen. Sie musste es einfach riskieren.

Also öffnete sie vorsichtig die Tür. Sie blickte in das unrasierte Gesicht eines vielleicht achtzehnjährigen Mannes, der eindeutig aus einem Land südlich der Alpen kam. Er schrieb gerade etwas auf einen Zettel, der auf der Pizza-Warmhaltekiste lag, sah kurz auf, senkte den Blick mechanisch wieder auf den Zettel – und hob ihn im nächsten Moment wieder. Nun folgten einige Sekunden, in denen er Judith unverhohlen musterte. „Ich bringe die Pizza", kam es wie beiläufig zwischen den Lippen hervor und er ließ sich für diesen kurzen Satz so viel Zeit, dass an ihrem Ende seine Blicke auf Judiths eleganten, schwarzen Schuhen mit den 10cm-Pfennigabsätzen angekommen waren und nun zum Rückweg starteten.

Als er ihr wieder in die Augen sah, wirkte sein Blick fragend: „Aber es wurden *zwei* Pizzen bestellt – sind Sie nicht allein?"

Judith wurde rot. Sie verstand nicht sofort, was hier passierte. Merkte der wirklich nichts? Er schien ihr ebenso verlegen zu sein wie sie selbst.

Judith räusperte sich und drehte sich zur Kommode hinter sich um, auf der das Portemonnaie lag. Dann sagte sie: „Was macht das?"

Als sie sich wieder umwandte, sah der Pizza-Bote sie an, unleugbar mit Freude im Blick. „Was das macht? Ich könnte Ihnen Gesellschaft leisten, damit sie nicht so allein sind."

Offenbar hatte er sie – unbewusst oder bewusst – missverstanden. „Ich meine, was die Pizza kostet."

„Oh!" Die Enttäuschung war überdeutlich. „Die Pizza. Richtig. Also zwei Pizza plus zweimal Salat macht zweiundzwanzig Euro dreißig – oder sagen wir zwanzig."

„Einen Augenblick!"

Judith entnahm mit ihren dunkelrot lackierten Fingernägeln dem Geldbeutel einen Zwanzig- und einen Fünfeuro-Schein und hielt sie dem Pizza-Mann hin.

„Stimmt so!"

Der Bote übergab ihr die vier Pakete, die er aus seiner Box genommen hatte. „Soll ich sie Ihnen nicht hinein bringen?"

„Nein, danke, das ist nicht nötig."

„Kann ich Ihnen sonst noch irgendwie helfen?" Der Junge schien sich nicht so schnell abwimmeln lassen zu wollen. Seine Frage klang schon fast wie eine Aufforderung.

„Nein, vielen Dank, das ist wirklich nicht nötig."

„Ok. Aber wenn Sie sonst noch irgendwas brauchen – ein Anruf und ich bin wieder da."

Judith hatte die Tür schon fast zugeschoben. „In Ordnung. Vielen Dank!"

In diesem Augenblick hörte sie Schritte auf der Treppe und sah, wie Barbaras Kopf im Treppenhaus auftauchte. „Guten Abend!", hörte sie sie zu dem Pizza-Boten sagen, der noch immer auf der Treppe stand. „Dann können wir ja jetzt endlich essen." Und sie lächelte den verdutzten Boten provozierend an.

Sie aßen und genossen die Ruhe. Judith zelebrierte jede Bewegung, bei denen sie ihre Fingernägel oder ihre enthaarten, weiblich wirkenden Arme sah oder den Stoff des Kleids spürte. An den Rotweingläsern blieb eine Spur von Lippenstift, auch auf den Servietten war irgendwann Lippenstift zu sehen und auch das übte einen ungewohnten Reiz auf Judith aus.

Als sie ihre Teller leer gegessen und sie sie in die Küche gebracht hatte, lehnte Barbara sich zurück. „Wir müssen noch besprechen, wie der morgige Tag ablaufen wird. Wenn du mich fragst, würde ich sagen, dass wir das Experiment weiter fortführen sollten. Noch hast du nicht alle Feinheiten des fraulichen Lebens ausgekostet und du bist auch noch nicht perfekt genug für unseren Kneipenbesuch. Aber vielleicht sollten wir morgen einen ersten Ausflug einplanen. Immerhin brauchst du noch Kleidung und Wäsche. Was hältst du davon?"

„Ich soll raus? Auf die Straße?! In Kleidern?!? Ich glaube nicht, dass ich schon so weit bin."

„Abwarten. Ich denke, wir sollten das nicht zu früh ausschließen."

Und dann machten sie einen detaillierten Plan – richtiger: Barbara machte einen Plan. Judith fand nur wenige Möglichkeiten, einzugreifen. Aber vielleicht wollte sie das auch gar nicht.

Kapitel 3
Die Badenden

Nachdem sie am nächsten Morgen gefrühstückt hatten, beide in Nachthemd und Morgenmantel, begannen die Vorbereitungen. Barbara wünschte, dass das Experiment *bruchlos* weitergehen solle. Sie hielt nichts von Pausen in kratziger Männerkleidung. Das würde das Eingeübte nur verwässern, sagte sie. Daher kam sie mit einer kleinen Tube ins Bad.

Als Judith sich erneut am ganzen Körper rasiert, gewaschen und eingecremt hatte, schraubte sie die Tube auf und sagte währenddessen: „Heute werden wir deinen Busen besser befestigen. Es hat keinen Wert, wenn er ständig verrutscht und du alle halbe Stunde nachbessern musst. Dieser Klebstoff hier soll sehr gut sein für unsere Zwecke, habe ich gelesen. Damit werden wir dir den Busen ankleben."

„Tut das denn nicht weh, wenn ich ihn wieder abnehmen will?"

„Wieso? Du willst ihn in nächster Zeit doch gar nicht wieder abnehmen. Und außerdem: Normalerweise löst sich der Kleber nach einiger Zeit von selbst auf, glaube ich."

„Glaubst du? Und nach welcher Zeit wird das der Fall sein?"

„Sehen wir doch mal nach." Barbara las den Beipackzettel. Dann schmunzelte sie. „Nun, hier steht – aber hey, das habe ich selbst auch nicht gewusst, okay? Also bleib ruhig! Hier steht, der hält ca. 72 Stunden."

„72 Stunden? Drei volle Tage?!? Das ist doch wohl nicht dein Ernst, oder?"

„Wieso? Wir haben doch Zeit. Vielmehr: Du hast doch Zeit. Ich gehe morgen wieder zur Arbeit, und du nutzt die Zeit, um fleißig zu üben. Und mit dem Busen wirst du dich auch viel besser daran gewöhnen, und alles wird viel schneller gehen und ‚normaler' sein."

„Aber damit kann ich die Wohnung nicht verlassen."

„Wieso nicht? Du tust es eben als Frau. Wir müssen dich ganz einfach heute so weit perfektionieren, dass Du morgen die Wohnung *als Frau* verlassen kannst."

„Das klappt nie! Und was ist, wenn mich jemand erkennt?"

„Wer sollte dich denn erkennen, wenn du deine Perücke trägst und geschminkt bist? Da wird niemand überhaupt nur auf den *Gedanken* kommen! Glaub mir! Es gibt doch viele Leute, die sich so maskieren, und niemand erkennt sie, weil auch niemand so etwas erwartet. Da kommt eben eine fremde Frau aus unserem Haus. Ja, und? Und außerdem – hast du ohnehin schon ‚ja' gesagt, oder nicht? Wie war das doch gleich mit dem Versprechen?"

„Aber ich wusste nicht, dass das solche Dimensionen annimmt?"

„Wieso? Was sind denn das für Dimensionen? Du ziehst Frauenkleider an, ja und? Du trägst dadurch keine dauerhaften Schäden davon, oder? Das ist und bleibt doch alles nur ein Experiment."

„Aber wenn die Nachbarn mich erkennen, bin ich unten durch! Dann bin ich die Transe aus der Nachbarschaft."

„Ach was, dich wird niemand erkennen, dafür sorge ich schon! Also zier dich nicht so!"

Judith ergab sich. Was sollte sie auch sagen. Im

Grunde hatte Barbara recht – schaden würde es ihr vermutlich nicht. Aber 72 Stunden – drei ganze Tage! Sie würde mit dem Busen kaum einen ‚normalen' Alltag führen können. Andererseits: Vielleicht lag darin auch ein aufregendes Abenteuer.

„Also los, mein Schatz", drängte Barbara, „jetzt bekommst du einen Busen, der richtig schön sitzt!"

Barbara nahm den Kleber und trug ihn großzügig auf die entsprechenden Flächen an den Brüsten auf. Dann nahm sie Maß auf Judiths Brust und zeichnete zwei Markierungen auf die Haut. Schließlich nahm sie die Silikonbrüste und legte sie Judith sorgfältig an.

„Okay, Du musst sie noch ein bisschen festhalten, bis der Klebstoff ganz getrocknet ist. In der Zwischenzeit hole ich dir schon einmal ein paar schöne, neue Dessous und ... na, du wirst schon sehen."

Judith hielt die Brüste und wartete ab. Sie presste das weiche Silikon leicht gegen ihren Oberkörper. Es fühlte sich sexy an, das gab sie heimlich zu, und wenn sie keinen Keuschheitsgürtel getragen hätte, hätte sich in ihrem Höschen einiges getan, das spürte sie deutlich.

Barbara kam mit einem verstärkten Bustier ins Bad zurück. „Hier", sagte sie, das wird den Busen gut halten und dir zugleich eine schmalere Taille geben. Probier es mal aus."

Judith ließ den Busen vorsichtig los und spürte plötzlich das Gewicht, das die Brüste hatten. Diesmal zog es jedoch an ihrer eigenen Haut. Sie nahm schnell das Bustier und legte es an. Barbara half ihr dabei und hatte bald eine Position gefunden, in der alles perfekt saß. An ein paar Schnüren konnte man das Bustier fast wie ein Korsett zusammenziehen. Tatsächlich hatte Judith nun eine überraschend schmale, weiblich wirkende Taille und darüber einen eindrucksvollen Busen, der durch das

Bustier schön nach oben gedrückt und in Form gehalten wurde.

„An der Taille können wir sogar noch mehr machen", sagte Barbara, nachdem sie Judith aufmerksam gemustert hatte. „Wir müssen dich nur noch ordentlicher schnüren. Mal sehen, ob wir das heute schon machen oder ob ich dazu noch etwas besorgen muss. Ach, übrigens, wie sieht es mit dem Tampon aus?"

„Wieso?"

„Hast du ihn schon drin?"

„Aber ..."

„Die ‚Tage' sind nicht in ein paar Stunden vorbei! Wenn du sie hast, wirst du auch den Tampon tragen müssen. Also los! Führ ihn ein. Oder lieber einen Analvibrator?" Barbara grinste.

„Okay, okay, ich mach ja schon."

„Es ist wichtig, dass du merkst, dass das hier sozusagen nicht ausschließlich Spaß ist. Wie gesagt: Als Frau kannst du auch nicht entscheiden, dass deine ‚Tage' vorbei sind, wenn sie dich stören. Als Frau steckst du in Zwängen, die der Mann selbstverständlich nicht sieht – und es gehört zum Frausein dazu, diese Zwänge nicht sichtbar werden zu lassen. Oder was glaubst du, warum Frauen soviel unter sich zu bereden haben. Sonst muss eine Frau ziemlich viel verstecken, muss sich sozusagen verstellen und verbergen, aber im Gespräch mit einer anderen Frau kann man über vieles reden."

Als Judith aus dem Bad wieder zurück war, zeigte Barbara eine ernste Miene, als hätte sie etwas auf dem Herzen, das ihr wirklich wichtig war. „Du, Judith," sagte sie, „ich finde, du solltest ein bisschen mehr Eigenengagement zeigen. Im Moment habe ich das Gefühl, dass ich dir alles aufzwingen muss. Das finde ich nicht so toll. Du hast doch versprochen, möglichst perfekt zu werden und alles mitzumachen, was ich vorschlage, dann fände ich es schön, wenn du auch wirklich mitmachen würdest, statt dir alles aufzwingen zu lassen. Die Sache mit dem Ankleben der Brust – okay, das war ein bisschen grenzwertig, aber alles andere solltest du eigentlich aus eigenem Antrieb tun, sonst verdirbst du mir den Spaß daran, und dir selbst, glaube ich, auch. Ich zeig dir gern Dinge, die du noch nicht kennst, aber was wir einmal gemacht haben, das solltest du in Zukunft von selbst tun, finde ich. Schließlich wolltest du ja die Vorbereitungen einer Frau kennenlernen."

„Aber ich bin mir nicht so sicher, wie weit ich es wirklich treiben will. Und dann ist alles doch eigentlich nur ein Experiment, ein Spaß, oder?"

„Bereust du denn bis jetzt schon etwas?"

„Nein, eigentlich noch nicht."

„Also, dann kann es doch nicht so schlimm gewesen sein und unser Experiment ist umso eher zu Ende, je mehr du selbst daran aktiv mitmachst. Denn darin sind wir uns ja einig: In die Kneipe werden wir erst gehen, wenn du nicht mehr als Mann und nur noch für den Spezialisten als Transe zu erkennen bist. Oder nicht?"

„Stimmt."

„Dann mach also mit, bitte. Pflege dich, rasier' dir die Beine, trag' den Tampon, schminke dich. Such' dir deine Kleidung aus, deinen Schmuck – von all dem kannst du übrigens auch als Mann profitieren, wenn du wieder dahin zurückkehrst. Übe, in High heels zu laufen, ohne dass ich dir Übungsstunden aufzwingen muss; übe, dich weiblich zu bewegen und, wenn du willst, auch weiblich zu sprechen. Sonst wird das für mich ziemlich anstrengend – und schließlich bin ich ja nicht deine Domina und will dich auch nicht übermäßig zwingen."

„Hm."

„Lass uns also diese 72 Stunden wie zwei eigenständige, selbstständige Frauen verbringen, ein lesbisches Paar. Dazu zählt dann beispielsweise auch, Dinge zu tun, die Freundinnen eben tun. Zum Beispiel einkaufen gehen. Wir könnten auch ins Kino gehen – ah, schon willst du wieder protestieren. Was hält dich davon ab, mit mir ins Kino zu gehen, wenn du perfekt bist?"

„Tja …"

„Ja, eben: nichts! Oder einkaufen zu gehen. Wenn der Laden groß genug ist, fallen wir niemandem auf, ziehen keinerlei Blicke auf uns und wir können ganz in Ruhe Dutzende von Sachen anprobieren. Das ist *ganz normal*, wenn man eine Frau ist! Und schließlich musst du ja herausfinden, was wirklich zu dir passt, worin du dich wohlfühlst und so. Das geht eigentlich nur in einem Laden oder einer Boutique."

„Aber du hast etwas von Ohrlöcher-Stechen, von Tattoos, Piercing und anderem gesagt. Das ist nicht in 72 Stunden wieder vorbei. Ich habe einfach Angst, dass mir das ein bisschen zu weit geht."

„Mein Schatz, du kannst mir glauben, dass ich dich nicht zu etwas zwingen will, was dir selbst nicht gefällt. Andererseits könnte es durchaus passieren, dass du das mit den Ohrlöchern einmal ausprobieren willst. Weißt du, wenn du als Frau an deinem Ohr Gehänge baumeln hast, fühlst du dich in jedem Augenblick wie etwas Besonderes. Du hast gar keine Möglichkeit, dich daran wirklich zu gewöhnen, du wirst in jedem Augenblick daran erinnert, dass du eine Frau bist, und eine verführerische noch dazu – vorausgesetzt, du hast die *richtigen* Ohrgehänge, selbstverständlich. Plötzlich bewegst du dich anders, weil du dich einfach anders *fühlst*. Das ist mit Clips nicht annähernd so zu machen, denn die tun immer ein bisschen weh, je länger du sie trägst, umso mehr. Und sie hängen und baumeln selbstverständlich auch nicht so schön. Und – *by the way* – große Ringe beispielsweise sind einfach auch Signale! Das andere Geschlecht versteht diese Signale, das kannst du mir glauben. Das muss irgendwie in den Genen liegen. Also glaube mir: Wenn du unser Experiment und dein Versprechen ernstnehmen und außerdem das Frausein auch ein wenig genießen willst, dann wirst du Ohrgehänge irgendwann selbst wollen. Du solltest davor keine Angst haben. Eigentlich will ich ja nichts Anderes, als dir die Angst davor zu nehmen."

„Und Tattoos?"

„Okay, das ist ein bisschen etwas Anderes. Eine Rose auf deinem Arsch bleibt dir natürlich – andererseits: warum solltest du auch als Mann keine Rose auf deinem Hintern haben? Es gibt ausgesprochen schöne Tattoos, und heutzutage ist es eigentlich ja nicht mehr festgelegt, wer welches Tattoo trägt, ob Männlein oder Weiblein. Ich meine, wir werden dir schon keinen Penis auf den Allerwertesten tätowieren lassen und kein ‚Ich bin eine Sau' oder ‚Ich bin ein Miststück' auf deinen Bauch. Es sei denn, natürlich, du *willst* das." Barbara lächelte inzwischen wieder entspannt. „Wenn du in die Fußstapfen der ‚O' treten wolltest, müssten wir darüber nachdenken. Aber es gibt auch viele andere Wege, und zunächst geht es ja doch nur darum, das herauszufinden, womit du dich bei unserem Kneipenbesuch am wohlsten fühlen wirst. Das ist schließlich unser Zielpunkt, auf den hin wir all dies tun."

„Das stimmt."

„Übrigens: Am Augenbrauen-Zupfen wirst du nicht vorbeikommen, denn deine natürlichen Augenbrauen sind für eine Frau einfach viel zu breit und zu wenig schwungvoll. Deshalb habe ich damit ja schon ein bisschen angefangen. Wenn wir langsam und kontinuierlich immer weitere Härchen auszupfen, wird das überhaupt niemandem auffallen, und wenn wir in die Kneipe gehen, geben wir ihnen für diesen Abend dann den letzten Schliff, ohne dass am nächsten Tag dann noch etwas zu sehen sein wird. Einverstanden?"

„Okay."

„Gut, also: Willst du selbst ein bisschen aktiver mitmachen? *Selbst* an deiner Erscheinung als Frau arbeiten?"

„Ja, gut, du hast ja recht. Das mache ich. Aber warum muss ich einen Tampon tragen?"

„Weil das eben auch dazu gehört, wie ich ja schon gesagt habe. Durch all diese Dinge, die nicht sichtbar werden, aber dennoch da sind, weil du sie irgendwo an deinem Körper hast und die notwendigen Utensilien in deiner Handtasche, wirst du dich mehr in die Rolle der Frau hineinfühlen können. Denn eine Frau muss immer sorgsam an ihrer Fassade arbeiten. Der Tampon ist da eine gute Hilfe. Schließlich stärkt es das Selbstbewusstsein – das *frauliche* Selbstbewusstsein –, wenn du all das hinbekommst, ohne dass dein Gegenüber am Kneipentisch etwas davon bemerkt. Eine Frau muss immer einmal auf die Toilette, aber dort muss sie nicht in jedem Fall pinkeln, sondern möglicherweise heimlich das eine oder andere erneuern oder zurechtrücken oder austauschen, überprüfen oder nachbessern. Also gehört all das auch dazu, wenn du die Frau spielst."

„Wie wird das überhaupt: benutze ich die Damentoilette?"

„Willst du etwa vollständig gestylt in die Männertoilette? Das kann ein Mann nur als Aufforderung sehen. Dann würden sie dir mit Sicherheit an die Wäsche gehen! Und wenn du Pech hättest, kämest du in einem solchen Fall so bald aus der Männertoilette nicht wieder heraus!"

„Gut. Okay. Du hast mich überzeugt. Ich werde mir Mühe geben. Aber vermutlich muss ich auch noch sehr viel lernen, oder?"

„Selbstverständlich! Heute morgen zum Beispiel könntest du wieder das Laufen lernen, und ich kann dir dazu verschiedene Schuhe und auch Stiefel geben. Jeder Schuh hat sein ganz eigenes Lauf-Gefühl. Und bei Stiefeln ist es das heißeste, sofern sie lang genug sind, glaub mir! Aber eines soll dir klar sein: zu lernen, richtig in High heels zu laufen, geht nur, wenn du von jetzt an die 12 Zentimeter nicht mehr unterschreitest und die High heels im Übrigen nicht wieder auziehst. Keine flachen Schuhe mehr, nie mehr barfuß! Deine Füße müssen sich an diese veränderte Haltung gewöhnen, auch anatomisch bzw. physiologisch. Sehnen müssen sich verkürzen, der Fußballen muss belastungsfähiger werden. Das braucht Training. Ich müsste dir die High heels eigentlich ebenso ankleben wie die Brüste – aber wir wollen es ja nicht übertreiben. Und du brauchst schließlich auch die Möglichkeit, die Schuhe zu wechseln, je nach dem, was du gerade anhast."

„Und wenn ich gerade nichts anhabe?"

„Also, Stayups und Schuhe sind von jetzt an so obligatorisch wie die Perücke, die werden allerhöchstens zum Baden und – wenn es sein muss – zum Schlafen abgelegt. Stayups, Schuhe, Keuschheitsgürtel, Brüste und Perücke. In den nächsten 72 Stunden …"

„… okay, okay: werde ich die nicht mehr ausziehen. Die Schuhe und die Perücke höchstens zum Baden und Schlafen. Das andere werde ich anbehalten. Ich habe verstanden. Ich werde das von nun an aus eigenem Antrieb tun. Schließlich will ich *meinen* Teil der Wette ja erfüllen – auch wenn das etwas weiter führt, als es bei Wettannahme absehbar war."

In den nächsten paar Stunden räumten beide in der Wohnung herum, ohne sich weiter großartig auszutauschen. Judith versuchte, für ihre neue Kleidung Platz im Schrank zu schaffen, Schmink- und Pflegeutensilien im Bad an einem festen Platz unterzubringen und ansonsten verschiedene Outfits zu testen. Als sie schließlich alles aufgeräumt und ausprobiert hatte, trug sie das Dirndl, in dem sie die nächsten Stunden verbringen wollte. Im Keuschheitsgürtel war es diverse Male eng geworden, doch er verhinderte alles ‚Verbotene'.

Als auch Barbara fertig war, trafen sie sich mehr oder weniger zufällig in der Küche, wo Barbara für sie beide einen Tee kochte.

„Die Schürze ist ja völlig verknautscht", sagte sie, als sie Judiths ansichtig wurde. „Die wirst du bügeln müssen. Ein Dirndl, vor allem die Schürze und die blütendweiße Bluse, muss so glatt wie ein Babypopo sein, es muss von der fleißigen Hausfrau, nein: von dem fleißigen Mädchen erzählen, das darin steckt und voller Unschuld gar nicht bemerkt, wie sie ihre weiblichen Reize offenbart. Ja, unschuldig und unberührt muss das Ganze wirken. Unschuldig und blütenrein. Du wirst sehen, das macht Spaß. Vor allem wenn man unter der ‚Schürze der Unschuld' kein Höschen trägt."

Judith war nicht eben erfreut. Sie hatte eine Pause machen und sich ein wenig unterhalten wollen. Mit wenig Lust baute sie daher das Bügelbrett auf und schloss das Bügeleisen an. Dabei genoss sie es wiederum, wie der Stoff des Dirndl- bzw. des Unterrocks, den sie inzwischen unter dem Dirndl trug, über ihre Beine strich. Durch die knappe Dirndlbluse mit den Puffärmeln war ungewöhnlich viel Haut der Arme zu sehen. Wie gut, dass sie sich auf Barbaras Anweisung auch diese rasiert hatte. Der ungewohnte Anblick der glatten, makellosen Haut allein reizte sie bereits wieder.

Während sie bügelte, versank Judith in ihren Gedanken und Gefühlen. Die Gedanken schossen hin und her wie die künstlichen Schneeflocken in einer gläsernen Schneekugel. Langsam ordneten sie sich und es kehrte eine gewisse Ruhe ein. Sie war ganz auf das Bügeln der Schürze konzentriert und damit ganz bei sich. Sie beobachtete sich – die lackierten, ungewohnt langen Fingernägel erschienen ihr plötzlich wieder fremd und verführerisch. Die Ringe und Armbänder, die sie sich ausgesucht und an deren Zahl sie nicht gespart hatte, gaben den von Natur aus schlanken Händen und Armen etwas sehr Feminines, fast so, als seien es nicht die ihren, sondern die einer fremden, jungen Frau. Und doch war er – jetzt dachte Tom wieder in der ‚er'-Form an sich selbst – war *er* es, der in diesem aufregenden Kleid steckte und der zugleich auf diese Reize reagierte. Eine ungewöhnliche Erfahrung, an die er sich noch keineswegs gewöhnt hatte.

Plötzlich blitzte es. Barbara stand in der Tür und hielt den Fotoapparat auf ihn gerichtet. „Auch dies gehört in unser Fotoalbum. Wir haben das ein bisschen aus den Augen verloren, nicht? Aber ich glaube, du hast gerade deine ersten wirklich weiblichen Minuten erlebt. Frauen haben so etwas öfter, beispielsweise wenn sie ihren Körper pflegen, sich eincremen oder sich frisieren. Manchmal auch, wenn sie sich im Jogginganzug auf's Sofa gekuschelt haben und so tun, als würden sie ein Buch lesen."

„Ja, eigenartigerweise ist es so, dass Frauen niemals erst noch den Satz zu Ende lesen wollen, wenn man sie stört. Männer tun das immer, meist sogar die ganze Seite. Sie wollen wissen, wie der Satz bzw. die Seite zu Ende geht, wollen die Lektüre an einem *sinnvollen* Punkt unterbrechen. Bei Frauen scheint das unwichtig zu sein. Wahrscheinlich sind sie eher auf sich selbst konzentriert als auf die Erzählung."

„Das würde ich so pauschal nicht unterschreiben, aber grundsätzlich hast du wahrscheinlich recht."

„Aber diese lackierten Finger- und Fußnägel können einen schon ablenken. Das ist wirklich ein … tolles Gefühl."

„Warum nur ‚… toll'?"

„Du meinst, warum ich gezögert habe? Weil ‚toll' eigentlich nicht das richtige Wort ist. Es ist zugleich ein geiles, ein aufreizendes Gefühl, und dann wieder ist es auch ein geheimnisvolles Gefühl, ein erstaunliches."

„Und? Kommt das in deinen Experiments-Bericht?", fragte Barbara scherzhaft und drückte wieder auf den Auslöser der Kamera.

„Einen Bericht werde ich wohl kaum schreiben – aber was hältst du davon, wenn wir es auf der Website für Crossdresser ins Profil stellen? Da könnten wir im Übrigen auch verschiedene Outfits und unterschiedliche Arten des Schminkens zeigen, oder nicht?"

„So, so, die Dame hat also inzwischen wirklich Spaß daran gefunden, habe ich den Eindruck. Okay, wir können darüber nachdenken. Vorher aber gehe ich baden. Schließlich muss ich ja auch mal ein bisschen für mich tun! Ach übrigens, du könntest mir dabei helfen!"

„In diesem Outfit?"

„Wieso nicht?"

„Weil die Sachen nass werden könnte."

„Erstens wäre das, glaube ich, nicht besonders schlimm, oder? Sie werden ja auch wieder trocken. Und es ist nichts an dir, das Feuchtigkeit wirklich beschädigen würde. Und zweitens: Falls du das Kleid trotzdem schützen willst, kannst du ja meinen Regenmantel anziehen. Den gepunkteten. Er ist aus schön quietschendem Plastik und selbstverständlich absolut wasserdicht. Also los, tu dir keinen Zwang an! Das ist doch ein geiles Material! Und vergiss die Gummistiefel nicht!"

Judith ging in die Garderobe und suchte sich Barbaras gepunkteten Regenmantel heraus. Er war ziemlich eng, körperbetont. Der Busen kam gut zur Geltung, und wenn sie den Gürtel ordentlich anzog, hatte Judith wiederum eine erstaunlich schmale Taille. Dann versuchte sie, in die Gummistiefel von Barbara hineinzuschlüpfen. Barbara trug darin gewöhnlich dicke Socken, meistens sogar zwei Paar. Judith hatte etwas größere Füße als Barbara, passte damit in die Stiefel aber immerhin noch hinein.

„Ich werde damit ja keine Wanderungen machen. Bis zum Bad wird es gehen", dachte sie und stapfte los.

Barbara stieg gerade in die Badewanne. Sie hob grazil das eine Bein, verharrte einen Augenblick in dieser Stellung und stellte es dann in die Wanne, nicht ohne vorher mit der Zehenspitze die Temperatur des Wassers zu überprüfen. Dann hob sie auch das zweite Bein und stieg in die Wanne. Doch statt sich vollständig hineinzusetzen, setzte sie sich zunächst auf den Wannenrand.

Judith bewunderte sie. Mit welcher Grazie sie sich bewegte! Und ihre Körperformen waren perfekt. Sie war weder dünn noch ‚vollschlank', ihre deutlichen Rundungen aber waren sinnlich und weich. Judith trat hinter sie und küsste sie zärtlich auf die glatte Haut der wunderbar runden Schulter. Immer schon hatte Judith die Form dieser Schulter mit besonderer Zärtlichkeit erfüllt. Barbara fasste hinter sich und drückte Judiths Körper in ihrem Regenmantel fest an sich. In dieser Stellung verharrten sie einen Augenblick. Dann ließ sich Barbara vollständig in die Badewanne gleiten.

„Komm, schrubb' mir ein bisschen den Rücken", bat sie und drehte sich auf den Bauch. Judith hockte sich neben die Wanne, nahm die Rückenbürste und begann sanft, Barbaras Rücken zu massieren. „Stärker", bat diese nach einer Weile und Judith erhöhte den Druck. Das ging so, bis Barbaras Rücken sich leicht rot färbte. „Jetzt seif mich ein, bitte." Judith nahm die Seife und seifte Barbaras Rücken ein. Dabei spürte sie, wie die Liebe für diese warme Haut erneut entbrannte. Sie genoss die sanften Berührungen. „Mehr", bat Barbara. Judith nahm beide Hände und verteilte die Seife über beide Rückenhälften. Barbara seufzte wohlig. „Weiter runter" bat sie und hob ihren Hintern etwas aus dem Wasser heraus. Judith fuhr sanft über die Pobacken, glitt mit den Händen durch ihre Po-Ritze und setzte die Bewegungen dann an Barbaras Beinen fort, sorgsam den Schritt vermeidend. Der Regenmantel war inzwischen an den Ärmel ein wenig nass.

Barbara drehte sich auf den Rücken und präsentierte sich von vorn. Judith setzte ihr Werk fort: Beine, Schoß, Bauch, die wunderbaren Brüste, Hals. Barbara ließ etwas warmes Wasser nachlaufen.

„Die Möse, bitte! Gründlich!"

Judith spürte das Knistern und widmete sich hingebungsvoll dem Schoß der schönen Barbara. Soetwas gab es bei ihr natürlich nicht. Andererseits war sie ja zufrieden mit dem, was sie zwischen den Beinen zu bieten hatte.

Die Wanne war inzwischen deutlich voller geworden. Das Wasser stand nun höher und reichte Judith, die noch immer mit Barbaras Schoß beschäftigt war, nun bereits bis zu den Ellenbogen. Sie wollte den Arm zurückziehen. „Weiter", seufzte Barbara, „lass doch den Regenmantel ..."

Judith nahm ihre zweite Hand zu Hilfe, fuhr langsam an Barbaras Schenkeln und Hüften entlang, eine Hand zwischen ihren Beinen. Barbara hatte die Schenkel so zusammengekniffen, dass klar war, dass sie diese Hand nicht wieder freigeben wollte. Judith erhob sich ein wenig, so dass sie sich weit über den Wannenrand lehnen konnte, und setzte ihr Werk fort. Die linke Hand erreichte die Brüste.

Die Wanne war nun beinahe randvoll. Barbara stellte die Wasserzufuhr ab, es schwappte ohnehin schon hin und wieder über den Rand. Judith hatte schon Wasser in den Gummistiefeln.

Mit einem großen Wasserschwall um sich her erhob sich Barbara wie Venus aus dem Meer. Sie griff nach Judith, umfasste sie fest, umklammerte sie und stieg, auf Judith gestützt, aus der Wanne. Dann fiel sie über sie her. Einen Moment später lagen sie beide auf dem warmen Badezimmerboden, wälzten sich eng umschlungen auf dem weichen Bodenbelag hin und her, pressten Schoß und Beine aneinander. Barbara fuhr mit ihrer Hand unter Judiths Rock und zog mit einem rabiaten Ruck Miederhose und Höschen herunter. Dann nötigte sie Judith, sich auf den Rücken zu legen, entfernte hastig den Keuschheitsgürtel und setzte sich genüsslich auf den hervorspringenden Stab. Dort ritt sie ihn nach allen Regeln der Kunst und mit genüsslich in den Nacken gelegtem Kopf. Das Gummi des Regenmantels knartschte, alles war feucht und durch die Seife glitschig und die beiden Leiber verschmolzen ineinander.

Sie kamen beide gleichzeitig. Judith spritzte und spritzte und Barbaras Unterleib zuckte. Das unkontrollierte Zucken reizte Judith wiederum und forderte noch mehr heraus. Einen so intensiven und langen Orgasmus hatte keine sie bis dahin noch niemals erlebt.

Nachdem die krampfhaften Zuckungen langsam verebbt waren, blieben sie auf dem warmen Boden liegen, bevor Barbara wieder in die Wanne stieg und Judith sich der nassen Kleider entledigte – „Nein, nicht die Stayups! Die musst du noch etwas anbehalten! Spüre sie und genieße die Erinnerung!" –, sich am Waschbecken säuberte und dann im Schlafzimmer neu ankleidete.

Dann deckte sie den Abendbrottisch. Als Barbara schließlich erschien, trug sie ihren seidenen Bademantel, doch bei bestimmten Bewegungen konnte Judith sehen, dass sie darunter ebenfalls Stayups trug und einen verführerischen, schwarz-roten BH, der ihre Brüste wunderbar betonte. Sie war, ohne Zweifel, erst mit der Vorspeise fertig, das Hauptgericht stand ganz offensichtlich noch bevor.

Kapitel 4
Empfängnis

Am nächsten Tag musste Barbara wieder zur Arbeit. Judith würde den größten Teil des Tags allein zu Hause verbringen. Allerdings hatte Barbara Anweisungen hinterlassen mit Aufgaben, die Judith erfüllen sollte.

Der Zettel, den Judith auf dem Frühstückstisch vorfand, lautete:

> „Guten Morgen, meine süße Odaliske!
> Hast Du gut geschlafen? (Denk dran: das ist wichtig für die Schönheit – für eine glatte, entspannte Haut, und für den Teint!)
> Willst du das Experiment abbrechen, oder weitermachen? Hast Du schon genug? Denk' ernsthaft darüber nach!
> Wenn nicht, wenn Du also weitermachen willst, dann möchte ich, dass Du Dich nach dem Frühstück sorgfältig wäschst, am ganzen Körper rasierst, Dich ankleidest, schminkst und frisierst. Tu' so, als müsstest Du heute die Wohnung verlassen, gib Dir also besondere Mühe (vergiss den Tampon nicht!).
> Dann machst Du Deine Übungen in den High heels etc. pp., das ganze Programm. Als Erholung zwischendurch kannst Du ja mal an das Profil im Netz denken.
> Um ein bisschen an Deinem Gang zu feilen, könntest Du Dir ein weiches Seil um die Knie binden und dafür sorgen, dass Du nur verhältnismäßig kleine Schritte machen kannst. Das ist wichtig, das solltest Du inzwischen wissen.
> Nochmal: Wenn Du weitermachen möchtest, dann gib Dir Mühe. Schließlich haben wir ja ein Ziel vor Augen, das wir gern erreichen wollen.
> In Liebe, B.
> PS: Anbei noch ein paar Aufgaben für diesen Tag."

Die erste Aufgabe, die Barbara unter „PS" auf dem Zettel notiert hatte, sollte darin bestehen, dass Judith erst einmal wieder Ordnung schaffte und die Spuren des aufregenden Wochenendes und der vergangenen Nacht beseitigte. Sie sollte sich dafür eine Schürze umbinden und Gummihandschuhe tragen, damit sie, wie Barbara ausdrücklich geschrieben hatte, ihre manikürten Fingernägel nicht ruinierte. Schließlich wollte Barbara abends die Nägel nicht erst neu lackieren müssen, bevor sie ... was genau sie abends tun wollte, hatte sie in der Luft stehen lassen.

Judith störten ein wenig die hohen Absätze, die sie trug. Sie war versucht, sie auszuziehen, doch Barbara hatte recht: sie musste sich daran gewöhnen, auch in einer solchen Situation. Je konsequenter sie war, desto eher lernte sie es, sich darin ganz natürlich zu bewegen, so als hätte sie nie etwas anderes getragen als High heels.

Zur Erholung wollte sie anschließend im Internet nach einer Website für Transvestiten und Crossdresser suchen, auf der sie ihr Profil einstellen konnte. Sie schaltete den Computer ein, setzte sich in ihrem engen Business-Rock, den Barbara gewünscht hatte, vor den Bildschirm und kam sich augenblicklich vor wie eine Sekretärin. Ging es denen auch so, dass sie mindestens ebenso auf ihre frisch rasierten und in zartes Nylon gehüllten Beine und auf ihre roten Fingernägel achteten wie auf die Rechtschreibfehler, die sie in die Tastatur hackten? Andererseits waren sie daran gewöhnt, der erotische Reiz war für sie sicherlich ungleich geringer als für Judith, die mit einem Keuschheitsgürtel daran gehindert werden musste, sich selbst zu befriedigen.

Nach einiger Zeit hatte Judith eine Website ausfindig gemacht. Sie registrierte sich dort und surfte dann durch die Profile. Schnell bemerkte sie, dass viel Unappetitliches in den Profilen und Dialogen zu finden war, viel Primitives. Jemand fiel ihr schon positiv auf, weil er richtig schreiben konnte, einschließlich Großbuchstaben und dem richtigen Gebrauch von ‚ß' und ‚ss'. Doch sie stieß auch auf interessante Leute, sogar solche, die die Verwandlung, den Rollentausch perfekt zu beherrschen schienen. Die Bandbreite war so groß, dass Judith sich ein Herz fasste und ein erstes, eigenes Profil erstellte, noch wenig detailliert und ohne ein Bild, aber mit ihrem Namen ‚Judith'.

Während sie daran arbeitete, ging eine erste E-Mail in ihrem zum Profil gehörenden Postfach ein.

„Hallo, süße Judith, bist du neu hier?"

Judith war sich nicht sicher, was sie jetzt tun sollte. Sie wartete einen Augenblick. Schon kam eine neue Mail: „Traust du dich nicht? Noch nicht so lange Frau?"

Das war jedenfalls keine der primitiven Anmachen, von denen sie auf anderen Profilen gelesen hatte. Sie wartete noch einen Augenblick. Die nächste E-Mail war etwas länger: „Du brauchst keine Angst zu haben. Hier auf dieser Website bist du ziemlich sicher, niemand weiß, wer du bist, und wenn du den Gesprächspartner loswerden willst, belegst du ihn einfach mit einer Sperre. Aber ich fände es schade, wenn du das mit mir tätest. Ich denke, du bist noch unerfahren – vielleicht willst du meine Hilfe; und ich würde gern mehr über dich erfahren."

Judith fasste sich ein Herz und antwortete: „Hallo! Du hast recht, ich bin neu hier und weiß eigentlich gar nicht so recht, wie all dies funktioniert."

„Hallo!", freute sich der andere, „schön, dass Du Dir ein Herz fasst und Dich traust. Also, all das hier ist nicht so schwierig. Wir sind hier ja alle richtige Menschen, mit denen du kommunizierst, deshalb gelten ein paar Regeln. Z.B. die der Höflichkeit. Die nehme ich beispielsweise sehr ernst. Und man sollte hier nicht *zu* anzüglich werden, denn dies ist ja keine Sex-Site. Andererseits kann man die Kommunikation auch in einen nichtöffentlichen Raum im Chatroom verlegen, dann kann niemand sehen, was wir uns schreiben. Bist du wirklich das allererste Mal hier?"

„Ja, ich habe gerade erst mein Profil erstellt."

„Und bist du Transvestit?"

Judith zögerte. War sie Transvestit? Oder was war sie? „Ich weiß nicht so recht. Auch das ist für mich alles noch sehr neu."

„Trägst du denn Frauenkleider?"

„Im Moment ja."

„Was?"

„Ich sehe aus wie eine Sekretärin. Enger Rock, Bluse und so."

„Und warum trägst Du die Kleider?"

„Weil ich eine Wette verloren habe."

„Wirklich? Das ist ja spannend! Du hast eine Wette verloren?"

„Ja."

„Und du trägst die Kleider *nur* deshalb?"

Judith zögerte wieder einen Augenblick, bevor sie langsam tippte: „Eigentlich ja."

„Und ist da für dich nicht auch ein wenig Reiz bzw. Erregung dabei?"

„Doch, stimmt. Es hat schon einen ganz eigenen Reiz."

„Hast du lackierte Fingernägel?"

„Ja."

„Warum?"

„Weil meine Frau, die die Wette gewonnen hat, es so wollte."

„Nur deshalb?"

„Na ja, du hast schon recht. Auch da ist ein Reiz dabei."

„Und bist du schon gekommen?"

Judith schreckte zurück. Sie zögerte wiederum mit einer Antwort.

„Sorry," kam schon die nächste Mail, „ich wollte dich nicht erschrecken. Ich stelle die Frage nur, weil jemand, der einfach nur eine Wette verloren hat und seine Wettschuld einlöst, sicherlich niemals in diesem Outfit kommen würde. Für den wäre das nichts als eine Verkleidung, ein Kostüm, das er auch zum Rosenmontags-Umzug in Köln tragen könnte. Aber bei dir scheint es anders zu sein, oder?"

„Ja."

„Also. Da haben wir es. Du bist also entweder Crossdresser oder Transvestit. – Hast du gestochene Ohrlöcher?"

„Nein. Meine Frau hat es zwar angesprochen, aber ich bin mir nicht sicher."

„Gut. Lass es Dir einfach offen. Aber sag nicht zu vorschnell ‚nein' zu dem Vorschlag. Warst du schon en femme draußen?"

„Nein, ich habe ja erst gerade angefangen. Es ist heute mein zweiter oder dritter Tag."

„Trägst Du das Outfit denn den ganzen Tag?"

„Ja."

„Seit wann?"

„Seit Freitag."

„Und wie lange willst Du noch – oder musst Du noch, was sagt die Wette?"

„Vielleicht bis zum nächsten Wochenende."

„So lange? Dann bist Du nicht nur Crossdresser! Dann bist Du Transvestit! Und dann solltest Du auch mit dem Vor-die-Tür-Gehen wirklich nicht zu lange warten. Die Schwelle wird sonst immer höher. Soll ich dir dabei helfen?"

„Wie willst du das machen?"

„Wir könnten uns darüber unterhalten. Ich könnte dir Tipps geben. Und wenn du willst, könnte ich dich abholen und bei einem kleinen Spaziergang in die Stadt begleiten."

Judith fühlte sich wiederum etwas unangenehm berührt. „Also, das ist mir noch ein bisschen früh. Und außerdem würde ich das wahrscheinlich eher mit meiner Frau machen."

„Okay, war ja auch nur ein Angebot. Aber dieses Angebot bleibt bestehen. Denk daran! Wenn du Hilfe brauchst, dann helfe ich dir gern!"

Und dann stellte Judith eine Reihe von Fragen und das geheimnisvolle Gegenüber, das unter dem Namen Gaby68 schrieb, erzählte und sprach viel von seinen Erfahrungen, die es offenbar als Mann mit einer langen Reihe von Transvestiten hatte.

Gegen Mittag dann, als Judith noch immer am Computer saß und inzwischen auch mit anderen in diesem Forum gemailt und gechattet hatte, klingelte es plötzlich an der Tür. Sie schrak auf. Obwohl sie vollständig angekleidet und perfekt geschminkt war, fühlte sie sich eigentlich nicht ‚gesellschaftsfähig'. Sie wollte keinesfalls so die Tür aufmachen.

Da hörte sie Schritte auf der Treppe, dann den Wohnungsschlüssel in der Tür und schließlich stand Barbara im Arbeitszimmer.

„Soso, du arbeitest an deinem Profil", sagte sie mit

einem Blick auf den Bildschirm, dessen Bild ihr nicht fremd zu sein schien, „das ist gut. So kommen wir in Kontakt mit anderen und lernen etwas von anderen in deiner Situation. Hast du Interessantes erfahren?"

Judith war noch immer ein wenig verdutzt. „Was machst du hier, mitten am Tag?"

„Och, ich habe mir den halben Tag freigenommen. Ich konnte mich sowieso nicht richtig konzentrieren. Und dann bin ich erst einmal losgezogen und habe ein paar Sachen eingekauft."

„Sachen?"

„Ja, kleine Verbesserungen an Deinem Outfit und Styling, und nebenbei habe ich auch ein wenig für mich gekauft."

Judith musste lächeln. Sie freute sich, spürte zugleich etwas wie Erleichterung. Sie hatte das Wochenende über in ihrem Empfinden allzu sehr im Mittelpunkt gestanden.

Barbara fuhr fort: „Ich bin durch meine kleine Freundin ein bisschen auf den Geschmack gekommen und mir ist aufgefallen, dass ich in Bezug auf meine Dessous und andere Sachen fast nicht mehr mithalten kann. Das wollte ich ändern." Sprach's und breitete einige Pakete aus, die sie in mehreren Tüten mitgebracht hatte. Sie bildete drei Stapel auf dem Bett. „Das da ist für dich, das ist für mich, und das sind Schminkutensilien, die wir, wenn du Lust und Zeit hast, gemeinsam ausprobieren können. Ein paar Parfumproben sind auch dabei."

Judith ging auf Barbara zu, die ebenfalls einen engen Rock trug und noch immer ihre Schuhe mit Pfennigabsätzen, für die Judith inzwischen ein aufmerksames Ohr – und noch aufmerksamere Augen – hatte. Sie umarmte sie und während sie sich erst zärtlich, dann leidenschaftlich küssten, sanken sie auf's Bett. Judith drückte ihre

Oberschenkel zwischen die Oberschenkel Barbaras. „Mach's mir", flüsterte diese und Judith nahm ihre Hand, fuhr in Barbaras Höschen und verwöhnte sie, bis sie sicht- und hörbar kam. Dann zog Barbara ihr Höschen wieder hoch, drückte es mit ihrer Hand fest in ihren Schritt und sogar bis tief in ihre Spalte, so dass es von ihrem und Judiths Saft nass wurde, streckte Judith ihre Hand hin und sagte: „Leck sie sauber!"

Judith widmete sich sorgfältig der ungewöhnlichen Aufgabe und säuberte gründlich die ganze Hand, die sie so sehr liebte. Dann sagte Barbara: „Jetzt zieh mir mein Höschen aus und zieh es dir selbst an!"

Judith war überrascht, aber sie zögerte dennoch nicht. Sie zog ihr eigenes Höschen aus. „Der Keuschheits…"

Barbara hielt den Schlüssel schon in der Hand, öffnete das Schloss und entfernte die Röhre samt Ring.

Judith griff nach Barbaras Höschen und zog es dieser aus. Doch bevor sie es sich selbst anziehen konnte, sagte diese: „Warte!" Sie griff nach ihrem Höschen und begann damit, es sich ganz langsam in ihre Möse hineinzuschieben. Nach kurzer Zeit schaute nur noch ein Zipfel heraus. Da legte sich Barbara wieder zurück und flüsterte: „Jetzt! Zieh es an!" Und als Judith zögerte: „Los!"

Judith griff vorsichtig nach dem Zipfel, zog das nun vollständig nasse und ein wenig schleimige Höschen heraus, und unter den aufmerksamen Blicken Barbaras zog sie es langsam über ihre Strümpfe, auf denen Spuren von Flüssigkeit zurückblieben, bis über ihren Po und den sich aufrichtenden Schwanz.

Da erhob sich Barbara wiederum leicht, griff selbst nach dem Höschen, zog es fest über Judiths Rute hoch und knetete anschließend durch das feuchte Höschen hindurch den steifen Schwanz. „Wir werden warten müssen, bis er sich wieder erholt hat, fürchte ich ... oder nein! Das wäre doch allzu schade!" Damit zog sie Judith auf das Bett hinab, legte sie auf den Rücken und setzte sich auf den steifen Schwanz, ohne allerdings das Höschen von ihm zu entfernen. Ganz langsam sank sie immer tiefer, der Schwanz mit dem Höschen verschwand ganz in ihr. Dann begann sie ihn zu reiten. Dabei streichelte sie sich selbst. Sie kam ein weiteres Mal, Judith spürte die Feuchtigkeit in ihr, fühlte sie aus ihr hinauslaufen – nicht zuletzt, da Barbara sich schnell erhob und nicht wartete, bis auch Judith gekommen war.

Sie sah Judith lächelnd an. „Auch das gehört zum Frausein dazu – *nicht* zu kommen, obwohl man kurz davor ist. Männer erwarten immer, dass einem das nichts ausmacht. Man soll sich nicht so anstellen. Das üben wir jetzt auch mal." Und sie stand auf und ließ Judith mit ihrem unter dem inzwischen ganz nassen Höschen steifen Schwanz auf dem Bett liegen.

Sie ging an die Tüten, nahm eine heraus, entnahm dieser eine schwarze Miederhose und warf sie Judith zu. „Hier, zieh die an – ohne das Höschen auszuziehen! Leg deinen Schwanz aber bitte so, dass du einen wirklich flachen Schritt hast!"

Judith war überrascht, vor allem aber ein wenig frustriert. Es hatte nur ein Hauch bis zu ihrem Höhepunkt gefehlt. Doch nach kurzem Zögern erhob sie sich, rückte sorgfältig ihre Sachen zurecht und streifte die neue Miederhose über, nachdem sie den Schwanz in dem nassen Höschen, in dem Barbaras und ihr eigener Saft gesammelt war, flach auf den Bauch gelegt hatte. Wenn er wieder kleiner würde, würde sich auf diese Weise ein flacher Schritt ergeben, hoffte sie.

„Und jetzt machen wir beide uns erst einmal frisch und probieren dabei ein paar Sachen aus."

Das taten sie dann auch. Dabei stand Judith nicht mehr so im Mittelpunkt wie am Vortag. Jede von beiden probierte verschiedene Schminksachen aus und fragte dann die andere nach ihrer Meinung. Judith trug schließlich, auf nachdrückliche Anregung von Barbara, ein abendlich-dunkles Make-up mit Lippgloss auf den dunkelroten Lippen, der diese verführerisch glänzen ließ. Die Perücke war frisch frisiert, Judith trug Ohrklipps mit dezent funkelnden Steinchen, hatte ansonsten aber noch nicht mehr an als die Dessous und ein schwarzes Unterkleid, das Barbara ihr ebenfalls mitgebracht hatte. Im Spiegel bestaunte sie wiederum ihre überraschend schmale Taille, die durch das Unterkleid und den wohlproportionierten, nicht zu kleinen Busen betont wurde. Ansonsten störten nur ein paar männliche Ecken und Kanten das Bild einer sinnlichen, attraktiven Frau.

Das wurde umso deutlicher, weil sich Barbara inzwischen in die Verführung pur verwandelt hatte. Sie hatte sich gebadet, epiliert und am ganzen Körper eingecremt, sich schließlich in aller Sorgfalt, aber deutlich sichtbar geschminkt und sparsam mit schwarzen Strümpfen, Strapsen sowie roten Seiden-Spitzen-Dessous bekleidet und trug, während sie ihre Fingernägel korrigierte, ein ebenfalls rotes Seiden-Negligee mit breitem Spitzenbesatz.

Judith konnte sich an ihr nicht sattsehen: *das* war es, was sie unter Weiblichkeit verstand. Sie bewunderte wiederum die Natürlichkeit, mit der Barbara diese Reize an sich trug, ohne sie wirklich vorzuzeigen.

Sie trat hinter sie und legte ihre Arme um sie.

„Nicht jetzt!" verwies Barbara sie, „und nicht mit dem feuchten Höschen. Ich bin gerade so schön sauber!"

Wiederum fühlte Judith Frust in sich aufsteigen. Aber

sie hielt sich zurück. Nur verstand sie nicht, warum sie das Höschen nicht wechseln, sich nicht säubern durfte. Verstohlen knetete sie den Schritt, in dem der Keuschheitsgürtel noch immer fehlte.

„Ich will etwas Verruchtes ausprobieren", sagte Barbara. „Das ist doch verrucht, oder nicht: Du trägst die Spuren unseres Aktes an dir. Man kann sie riechen und wenn man will auch fühlen. Wir könnten dir auch noch ein entsprechendes Unterhemd anziehen, das ich vorher gebrauche, um mir meinen Schritt zu reinigen, nachdem ich mich selbst befriedigt habe. Sollen wir? Das ist einer dieser Tabubrüche: Normalerweise tut man soetwas nicht. Es ist sogar ein ganz klein bisschen eklig, nicht? Normalerweise wechselt man in einer solchen Situation die Wäsche. *Ich* habe das ja auch getan. Aber du ... du bist von jetzt an mein Sexspielzeug, habe ich beschlossen, deine Lebensaufgabe besteht in dieser Woche darin, mich sexuell und in meinen Fantasien von einem Höhepunkt zum anderen zu bringen. Und mich befriedigt es, das zu wissen, zu spüren, zu riechen, selbst wenn man es dir nicht ansehen kann. Verstehst du?"

Judith nickte überrascht.

„Gut. Mir kam der Gedanke vorhin bei der Arbeit. Wir haben doch Zeit, also treiben wir es ein bisschen auf die Spitze. Oder hast du etwas dagegen?"

Judith lächelte. Warum eigentlich nicht? Warum nicht etwas Ungewöhnliches, sogar Verruchtes tun – hier in den eigenen vier Wänden machte er sich dadurch ja nicht einmal lächerlich.

„Okay. Mal sehen, was wir daraus machen. Allerdings bleibt weiter, auch wenn du keinen Keuschheitsgürtel trägst, die Regel bestehen: Kein Abspritzen ohne mich! Auch wenn ich nicht da bin. Denn ich merke, wie es mich reizt, dich in gereizter Stimmung zu halten. Eigentlich sollte dein Schwanz immer steif sein ... ist er das?"

Judith schüttelte den Kopf. „Er hat sich ein bisschen zurückgezogen. Jetzt habe ich einen flachen Schritt, wie du es wolltest."

„Ach, das ist im Moment noch nicht notwendig. Reib ihn!"

„Wie bitte?"

„Na, wichs dich, oder wie immer du es nennen willst."

„Jetzt ... hier?"

„Warum nicht? Ich will sehen, wie er wächst, mein kleines Sexspielzeug!"

Judith griff sich in den Schritt und drückte vorsichtig.

„Nein, nicht so! Hol ihn raus und wichs ihn, dass er schön groß und steif wird!"

Judith hob das Unterkleid, griff in das noch immer feuchte Höscher und holte ihren Stab heraus. Dann fing sie langsam an, ihn zu bearbeiten.

„Stärker!"

Judith folgte. Langsam wuchs er.

Barbara sah verträumt zu. „Sehr schön", flüsterte sie, „welch ein schönes Bild!" Und sie musterte Judith von oben bis unten

Indessen wurde Judith langsam geil. Der Schwanz wuchs. Sie begann zu stöhnen. Dann flüsterte sie: „ich komme gleich" – da rief Barbara „Stopp! Halt! Hör sofort auf!" Judith hielt erschrocken inne. „Wir wollten das doch üben, weißt du noch: kurz davor zu sein und dann doch nicht kommen zu dürfen. Wir halten die Spannung einfach noch ein wenig aufrecht!"

„Aber ..."

„Nein, das gehört zum Experiment, habe ich beschlossen. Du kommst ausschließlich *in* mir. Das bist du aber gerade nicht. Also darfst du nicht kommen!"

Judith fügte sich. Sie fürchtete selbst, dass sie den Spaß an all dem verlieren würde, wenn sie jetzt kommen würde. Also machte sie gute Miene zum unangenehmen Spiel, zog Höschen und Miederhose wieder dahin, wohin sie gehörten, und wusch sich anschließend die schlanken Hände mit den schön lackierten Fingernägeln.

„So, jetzt ziehen wir uns an", sagte Barbara mit einem prüfenden Seitenblick auf Judith. „Und ich will es dir gleich sagen: Wir machen uns ausgehfertig! Wir werden ein bisschen bummeln gehen. Mal sehen, wie weit wir kommen und ob wir auch schon etwas einkaufen oder uns vielleicht nur in ein Café setzen und etwas trinken. In jedem Fall werden wir uns in die Welt hinaus wagen."

„Aber ..."

„Was ‚aber': Sieh dich an: Du bist doch fast perfekt! Draußen wird es schon dunkel, es wird niemand genau hinsehen können. Obwohl er das sogar schon tun könnte, finde ich."

„Aber ..."

„Du kannst draußen das Gehen viel besser üben als hier drin, wo du immer nach ein paar Metern wieder umdrehen musst. Und raus musst du sowieso irgendwann."

„Aber doch nicht in diesem Höschen!"

„Warum nicht? Das ist doch gerade der Reiz. Einfach nur so draußen rumzulaufen, das kann jeder – und das macht mir auch nicht soviel Spaß! Nein, das Ganze muss doch etwas Verruchtes haben, und da haben wir es. Sei froh, dass du überhaupt ein Höschen tragen darfst ... wir könnten es auch ganz ohne tun."

„Ich finde, das geht zu weit."

„Das finde ich nicht. Wie gesagt: Die Kunst der Frau

besteht darin, ihre Geheimnisse zu haben, ohne dass sie von außen entdeckt werden. Und was du unter deinem Rock hast, das kann wirklich niemand sehen!"

„Aber es wird *mich* irritieren."

Langsam trat Barbara an Judith heran, griff ihr in den Schritt, presste der wachsenden Stab. „Das macht *mir* aber nichts – ich finde das gerade reizvoll, verstehst du, mein Spielzeug? Ich werde dich schon keiner Situation aussetzen, in der du dich lächerlich machst. Das Spannende besteht in dem Geheimnis, das *nicht* aufgedeckt wird! – Und im Übrigen will ich, dass du dich ganz einfach fügst. Sonst überlege ich mir noch andere Maßnahmen."

„Was?"

„Na, ich könnte dein Höschen noch mit ... sagen wir: ich könnte dir noch Shampoo oder so etwas ins Höschen gießen, das dann an deinen Beinen herunterläuft und aussieht wie dein Saft. Willst du das?"

Judith machte nur große Augen.

„Komm, nun stell dich nicht so an. Vertrau mir! Ich will dich ja nicht bloßstellen! Bisher hat doch auch alles geklappt, oder nicht! – Und denk mal an den Pizzaboten. Den hast du doch nach allen Regeln der Kunst bezaubert!"

Judith nickte ergeben. „Okay. Meinetwegen."

„Und ich habe dir außerdem einen Rock und eine Jacke mitgebracht, in denen du dich praktisch verstecken kannst. Mit der Perücke sieht man so von dir gar nichts."

Damit nahm sie eins der Pakete und zog daraus einen Wildlederrock, der Judith bis über die Knie gehen und verhältnismäßig frei schwingen würde. Keine Betonung der Figur also, kein wirklich enger Rock, der sie zu kleinen Schritten zwang.

Judith zog ihn an, dazu eine Bluse, die Barbara ihr reichte, und schließlich einen schwarzen Mantel, der sich eng um ihre Taille legte, sowie elegante, braune Lederstiefel. Sie fühlte die Weiblichkeit der Geste, als sie mit beiden Händen ihre schulterlangen Haare über den Mantel legte und dafür sorgte, dass sie geordnet waren. Im Spiegel sah sie, dass wirklich nichts zu erkennen war, das verraten konnte, was ein Geheimnis bleiben sollte.

Barbara packte für Judith eine ihrer dezenten Handtaschen. Dann zog sie selbst Jacke und Schuhe an, nahm ihre eigene Handtasche und gemeinsam verließen sie die Wohnung.

Judith war so mit sich selbst und damit beschäftigt, ob ihnen wohl jemand begegnete, dass sie praktisch nichts mitbekam. Sie erreichten ihr Auto, das an der Straße geparkt war, und Judith stieg an der Beifahrerseite ein. In der Stadt angekommen, fuhren sie in ein Parkhaus und stiegen die Betonstufen hinauf, die sie mitten in die historische Innenstadt führten. Praktisch ohne Vorbereitung fand sich Judith ganz plötzlich mitten im nachmittäglichen Shopping-Menschenstrom wieder, begriff aber schnell, dass hier wirklich niemand war, der sie überhaupt bemerkte. Sie waren einfach zwei junge Frauen, die sich in nichts von den anderen jungen Frauen unterschieden. Alle wollten ohnehin nur shoppen.

Barbara hakte sie bei Judith ein. So spazierten sie in aller Ruhe an den Schaufenstern vorüber. Judith begann sich zu entspannen. Sie schaute die Auslagen an. „Wichtig ist, dass wir nach Kleidung sehen, in der du dich wohlfühlen würdest. Denk immer dran: Es geht um unseren Besuch in der Kneipe. Und um eine optimale Vorbereitung. Dazu gehört vielleicht auch ein Nachthemd, vielleicht Freizeitkleidung, vielleicht ein Abendkleid. Wir müssen einfach herumprobieren."

Sie betraten ein großes Kaufhaus, gingen durch die Damenabteilung. Hier waren weniger Menschen, aber auch hier kümmerte sich niemand um sie.

Im nächsten Kaufhaus verließ Barbara die Rolltreppe bereits in der Abteilung für Dessous. Jetzt begann es bei Judith wieder zu prickeln. Aber Barbara ging ganz unbefangen damit um. Judith sah, dass auch die anderen Frauen keine Scheu hatten. Niemand interessierte sich für die anderen Kundinnen, alle waren ganz mit sich beschäftigt. Die Frauen nahmen die intimsten Wäschestücke und sammelten sie, um sie in einer Kabine auszuprobieren. Ebenso tat es Barbara. Judith folgte ihr ein wenig unschlüssig und wiederum ängstlich.

Als Barbara acht oder neun Wäschestücke hatte, wandte sie sich zu Judith um, sagte „Komm!" und steuerte eine Umkleidekabine an, in die sie Judith mit hineinzog. „Das ist hier ganz normal", flüsterte sie, „Freundinnen machen das eben gemeinsam. Deswegen sind die Kabinen ja so schön groß!"

Erst in diesem Augenblick fiel Judith auf, dass die Kabine tatsächlich ungewöhnlich groß war.

„Zieh' Bluse, Rock und Unterkleid aus – nicht die Miederhose!" wies Barbara sie an und tat es selbst auch. Dann zogen sie beide die verschiedenen Dessous über ihre Unterwäsche. Als Judith das dritte Set probierte, war sie schon fast routiniert. Sie fühlte sich zwar nicht ‚als Frau', aber doch nicht mehr als unberechtigter Eindringling, dem Sanktionen drohten, falls er entdeckt werden sollte.

Plötzlich sagte Barbara „Warte hier!" – und weg war sie. Sie zog ihr Unterkleid wieder an, setzte sich auf den Hocker, der in einer Ecke der Kabine stand, und wartete.

Nach einiger Zeit hörte sie Barbara mit jemandem sprechen und sich währenddessen der Kabine nähern.

„Nein," sagte sie soeben, „sie hatte schon immer ein bisschen Probleme mit ihrer Größe, darum ist sie so schüchtern. Dabei hat sie eigentlich eine schöne Figur, die eben nur etwas größer ist als die der meisten Frauen. Daher braucht sie meistens Größe 42, manchmal sogar 44, auch wenn sie dafür eigentlich zu schlank ist."

„Ich verstehe", hörte Judith nun eine andere Frauenstimme und in diesem Moment wurde der Vorhang der Kabine zum Teil zur Seite gezogen und Barbara schaute gemeinsam mit einer zweiten Frau hinein.

„Ich habe eine Verkäuferin gefunden", sagte Barbara ganz selbstverständlich, „und ich glaube, wir können hier ein paar schöne Sachen für dich finden."

Damit trat sie zurück und die Verkäuferin musterte Judith von oben bis unten. „Gut", sagte sie, „das wird kein Problem sein. Womit möchten Sie denn anfangen?"

„Wie wäre es denn mit einem Hosenanzug?" fragte Barbara halb zu Judith, halb an die Verkäuferin gewandt?"

„Mit Nadelstreifen oder ohne?"

„Judith, was meinst du?"

Nun musste Judith etwas sagen, und sie hoffte, dass sie nicht so rot geworden war, wie sie befürchtete.

„Nadelstreifen wäre toll, richtig schick. Aber es sollte nicht zu business-mäßig aussehen."

„Das meine ich auch", pflichtete Barbara bei und Judith hörte deutlich die Erleichterung in ihrer Stimme. „Er muss ja auch nicht schwarz sein, vielleicht probieren wir einfach mal unterschiedliche Farben. Dunkelrot wäre zum Beispiel auch nicht schlecht. Wissen Sie, es geht ja eigentlich nicht um Kleidung für die Arbeit, sondern für ein entspanntes ‚afterwork'."

„Gut", sagte die Verkäuferin geschäftig, „einen Augenblick bitte."

Und dann folgte eine Tour-de-force durch Kleidungsstücke verschiedener Stile, Farben, Formen etc. Judith wusste kaum, wo ihr der Kopf stand und hatte nach einiger Zeit weitgehend vergessen, dass hier etwas höchst Ungewöhnliches geschah. Die Verkäuferin verhielt sich vollkommen professionell und ließ mit keinem Wimpernschlag erkennen, ob sie etwas bemerkt hatte. Sie war vollständig auf ihre Aufgabe konzentriert und blieb die gesamte Zeit vollends sachlich. Am Ende bedankten sich Barbara und Judith herzlich bei ihr, und als die Verkäuferin sagte: „Es war mir ein großes Vergnügen!", klang dies ganz und gar ehrlich.

Barbara erwiderte: „Und für ein Abendkleid kommen wir dann noch einmal extra."

„Wenn Sie vorher anrufen, kann ich dafür sorgen, dass ich für Sie Zeit habe und Sie wieder beraten kann, wenn Sie es wünschen."

„Das wäre schön!" sagte Barbara, und Judith fügte hinzu: „Vielen Dank!"

Dann verließen sie das Geschäft. Inzwischen war es draußen dunkel geworden. Judith war euphorisch. „Lass uns noch einen Kaffee trinken", bat sie, „ich kann langsam auf meinen Füßen nicht mehr stehen."

Barbara lächelte und steuerte ein nahegelegenes Café an, in dem sie sich mit ihren Einkaufstüten an einem ruhigen Tisch niederließen. Judith trug nun wieder ihren Wildlederrock, die braunen Stiefel und den enganliegenden, auf Taille geschnittenen Mantel und fühlte sich in dieser bequemen Kleidung gänzlich zu Hause.

Im Café legte sie den Mantel ab sowie ein Tuch, das sie gerade erst gekauft hatte, und legte beides sorgfältig über einen Stuhl.

„Das Tuch kannst du ruhig anbehalten", sagte Barbara, „du kannst es dir um die Schultern drapieren – das machen viele so." Und half ihr dezent, als Judith das Tuch wieder von der Lehne nahm und es sich um die Schultern legte. Es gab ihr noch mehr das Gefühl, geborgen zu sein. Sie fühlte sich wohl.

Und davon sprach sie dann mit Barbara. Es war für sie eine gänzlich überraschende Erfahrung, dass sie sich so wohlfühlte, in dieser Aufmachung und beim ‚Shoppen'. Sie spürte sich selbst in dieser Kleidung in einer Intensität, die sie zuletzt, soweit sie sich erinnerte, als Kind erlebt hatte. Maßgeblich war wohl die Erfahrung gewesen, wie die Verkäuferin sie behandelt hatte – dass sie offensichtlich nichts bemerkt und Judith wie eine ganz normale Frau behandelt hatte. Und es hatte Judith unglaublich viel Spaß gemacht, verschiedene Outfits zu probieren und Accessoires und sogar Schminktipps dazu zu bekommen. Im Grunde hatte sie Garderobe für die nächsten fünf Tage erstanden, und Barbara hatte sich anstecken lassen und ebenfalls ein neues Kostüm gekauft samt Frühlingsjacke und zugehörigen Handschuhen.

Plötzlich bemerkte sie, dass am Nachbartisch drei junge Männer saßen, die sich ganz offensichtlich über sie unterhielten. Immer wieder wanderten die Blicke zu ihnen hinüber, glitten an ihnen auf und ab und Judith kam es so vor, als wenn ihnen gefiel, was sie sahen.

„Streck' die Brust mehr raus, sitz' aufrechter", hörte sie Barbara auf einmal wispern. Judith folgte der Anweisung.

„Lächel' mich an!" Judith tat es.

„Weißt du eigentlich, wie attraktiv du bist, schöne Judith?"

Judith war sprachlos. Was ging hier vor?

„Hör' nicht auf zu lächeln! Ich *darf* dir so etwas sagen, oder nicht? Schließlich bin ich mit dir verheiratet!"

„Aber was machst du?", flüsterte Judith aufgeregt zurück, „die schauen dauernd hier rüber?"

„Na und? Sie schätzen uns ab. So geht das eben."

„Und was ist, wenn ..."

„Das ist doch nur ein Spiel! So läuft das. Sie schätzen uns ab, und dann kommt es darauf an, ob sie uns ansprechen werden oder nicht. Und darauf, ob wir es wollen. Wir können es gleich abbiegen und uns unmissverständlich ablehnend verhalten, oder wir können ihnen Hoffnung machen. Du hast ihnen gerade Hoffnung gemacht."

„*Was* habe ich gemacht?!?"

„Na, du hast Signale ausgesandt: hast die Brust präsentiert, hast dein gewinnendstes Lächeln aufgesetzt ..."

„*Du* hast mir gesagt, dass ich das machen soll!"

„Ja, und? Wem schadet es? Du gefällst ihnen. Ist das kein gutes Gefühl?"

„Aber ..."

„Ach, du Angsthase!" lachte Barbara, „was willst du? Und schließlich werde ich dich hier schon nicht allein lassen. Vielleicht stehen sie ja auch mehr auf mich! Oder sie teilen uns gerade auf. Aber ich würde sowieso jetzt gern nach Hause gehen."

Also zahlten sie. Beim Anziehen war sich Judith der Blicke sehr wohl bewusst, die sie auf sich zog, als sie das Tuch um ihre Schultern und ihre langen Haare über ihren Mantel ordnete. Und als sie gingen, konnte sie sich nicht enthalten, zum Tisch hinüber zu sehen. Ihre Augen begegneten denen eines der jungen Männer und sie musste lächeln. Fast sah es aus, als sei Bewunderung in dessen Blick gewesen. Judith wurde rot und schlug die Augen nieder.

Zu Hause angekommen, stöhnte Judith ein wenig und wollte sich ihre Stiefel mit den hohen Absätzen ausziehen. Barbara trat nahe an sie heran. „Willst du die wirklich ausziehen?"

Judith war verwirrt. „Ich dachte ..."

„Du siehst so heiß darin aus!" Barbara hatte ihren Mantel schon ausgezogen, hatte selbst aber auch ihre Stiefel noch an. Sie griff mit einer Hand in Judiths Nacken, zog den Kopf an sich heran und küsste sie mit vollen Lippen auf den Mund. „Lass sie an!"

Judith stand etwas hilflos da.

„Zieh alles andere aus, bis auf das Unterkleid!"

Judith ging ins Schlafzimmer. Ihre Füße schmerzten, sie konnte kaum mehr mit schwingenden Hüften laufen. Aber in der Stimme Barbaras war etwas, das sie die Schmerzen vergessen ließ. Sie zog Rock und Bluse aus. Barbara kam ebenfalls ins Zimmer. Sie ließ im Gehen den Rock einfach fallen und auf dem Boden liegen, streifte ihr Top ab und ließ es ebenfalls fallen. Dann war sie bei Judith, legte sie auf den Rücken und küsste sie leidenschaftlich. Sie lag auf ihr und drängte sich gegen sie, als wenn Körper mit Körper verschmelzen sollte. Sie drängte ihren Oberschenkel zwischen die Oberschenkel Judiths und drückte sie auseinander. „Wie hast du es ohne Keuschheitsgürtel ausgehalten?" flüsterte sie.

„Es war ein bisschen ungewohnt." Judith lächelte zwischen den Küssen. „Aber es hat mich nicht wirklich gestört."

„Wir dürfen das nicht vernachlässigen." Jetzt klang Barbara wieder ein wenig ernsthafter. „Was ist mit dem Tampon?" Wieder küsste sie Judith und verhinderte eine direkte Antwort. In der Zeit begann sie, mit ihren Fingern in die Poritze Judith vorzudringen.

„Meine ‚Tage' sind vorbei", schmunzelte Judith mit einer gewissen Selbstsicherheit.

„Okay", antwortete Barbara und kuschelte sich an Judiths Seite, „aber dennoch werden wir da weitermachen. Sie erhob sich vom Bett, ging an den Schrank und kam mit einem kleinen Analdildo wieder. Sie legte sich erneut zu Judith. Dann schob sie den Dildo langsam zwischen ihre fest geschlossenen, rot geschminkten Lippen und sah Judith dabei genießerisch an. Als sie ihn bis zum Anschlag in den Mund gedrückt hatte, zog sie ihn wieder etwas heraus, schob ihn dann langsam wieder hinein und zog ihn schließlich ganz heraus. Dann öffnete sie ihren Mund und ließ die Zunge an ihm spielen. Schließlich reichte sie ihn Judith.

„Für ihn ein!"

Judith zögerte nur unmerklich, hockte sich dann aber hin, hob den Unterrock und schob den Dildo am Höschen vorbei. Er war so klein und zudem ‚gut geschmiert', möglicherweise war die Öffnung durch den Tampon auch schon so geweitet, dass es kaum einen Widerstand gab. Judith schloss die Augen und spürte ein leichtes Kribbeln. Dann fühlte sie die Hand Barbaras, die den Dildo ein wenig drückte, so dass er wirklich bis zum Anschlag eingeführt war.

„Sehr schön!" flüsterte sie genießerisch, „so muss das sein."

Judith legte sich wieder auf den Rücken und schloss die Augen. Barbara setzte sich auf sie, die Oberschenkel neben die Hüften. Sie streckte sich und zog ihr Unterhemd und den BH über ihren Kopf, so dass Judith den Anblick ihres vollendeten Oberkörpers genießen konnte. Dann fing Barbara an, ihr Becken sanft zu drehen und sich sachte zu bewegen. Nach einiger Zeit neigte sie sich nach vorne, bis beide Oberkörper aufeinander lagen.

Barbara küsste Judith, hielt mit ihren Händen die Arme Judiths auf dem Bett und stieß zugleich ihren Schoß auf den Schoß Judiths. Mit der Zeit wurden ihre Bewegungen immer ungestümer. Dann plötzlich lag sie still.

Barbara erhob sich. „Dreh dich um!", sagte sie und verließ zugleich das Bett. Judith legte sich auf den Bauch und war gespannt, was jetzt kommen würde.

Sie hörte, wie Barbara zur Kommode ging, etwas herausnahm und dann einige Zeit herumnestelte. Sie drehte den Kopf und sah im Spiegel an der Wand, dass Barbara sich vollständig entkleidet hatte. Sie zog gerade die letzten Gurte eines rosaroten Umschnalldildos fest. Dann rückte sie ihn zurecht, bis der Strap-on sich in der richtigen Position befand. Der Dildo stand steil und gerade von ihrem Schoß ab. Judith erstarrte vor Überraschung, Erregung und – Angst.

Kurz darauf kniete sich Barbara aufs Bett und näherte sich Judith von hinten.

„Du hast es gesehen", sagte sie, denn sie hatte bemerkt, dass Judith sie beobachtete. „Wir werden jetzt zu einer neuen Erfahrung übergehen, streng nach Lehrbuch. Zur Frau gehört es, nicht die Gebende zu sein, sondern die ‚Empfangende' – im wahrsten Sinn des Wortes. Von nun an empfängst du, selbst wenn nicht gleich ein Baby dabei herauskommt. Du wirst mich aufnehmen, mich in dir spüren. Das ist sicher einer der wesentlichsten Unterschiede zwischen männlichem und weiblichem Sex."

Judith sagte nichts. Sie fürchtete ein wenig, dass diese neue Erfahrung mit Schmerzen für sie verbunden sein könnte. Immerhin war der Dildo noch etwas dicker als der Analdildo, den sie gerade trug. Daher flüsterte sie: „Tu' mir nur nicht weh!", und fragte sich zugleich, ob dies nicht auch der Satz sei, den ein Mädchen vor ihrer

Entjungferung sagte. Würde dies nun *ihre* Entjungferung werden?

Barbara griff ihr sanft in die Poritze und streichelte sie. Judith spürte, dass sie ihre Hand offenbar mit Creme eingeschmiert hatte und diese Creme nun in ihrer Ritze verteilte. Dann fühlte sie, wie Barbara den Analdildo herauszog und ihn nach wenigen Augenblicken wieder einführte, nun offenbar ebenfalls eingecremt. Barbara schob ihn einige Male hin und her, dann verschwand er.

„Ich werde mir meinen Schwanz ordentlich mit Gleitcreme einschmieren. Es sollte also nicht wehtun, hab keine Angst!'

Dann spürte Judith, wie Barbara die Spitze ihres Strap-ons an ihrer Poritze ansetzte. Langsam steigerte sich der Druck. Judith hob ihren Hintern leicht an, um den Kanal gerader werden zu lassen. Die künstliche Eichel drückte gegen die Öffnung, doch gab diese nur zögerlich nach.

„Entspann dich", flüsterte Barbara, „sei ganz ruhig."

Judith ließ den Hintern wieder sinken und versuchte sich zu entspannen. Doch war sie inzwischen so erregt, dass das nicht wirklich gelingen wollte. Plötzlich aber fuhr die Eichel mit einem Ruck ein und war offenbar bereits ein ganzes Stück eingedrungen, ohne auf weiteren Widerstand zu stoßen. Barbara zog den Strap-on wieder ein Stückchen zurück, wartete einen Augenblick und schob ihn dann langsam weiter. Nach kurzer Zeit schien es enger zu werden und zugleich fühlte Judith etwas in ihrem Unterleib, das sie bisher noch nie gespürt hatte. Ein Kribbeln, eine Taubheit, eine größere Sensibilität – sie wusste es nicht zu sagen. Sie wusste nicht einmal, ob es angenehm oder unangenehm war. Langsam aber wurde ihr bewusst, dass da etwas *in ihr* war, ein Fremdkörper, und dieser gehörte zu Barbara. Barbara war in ihr. Plötzlich hätte sie weinen mögen. Sie fühlte sich schwach und benutzt. Sie war ein Instrument, mit deren Hilfe Barbara sich Befriedigung verschaffte. Egal wie es ihr, Judith, damit erging.

Sie wusste, dass das nicht stimmte. Sie hatte keine Ahnung, wie viel Befriedigung Barbara verspürte und ob Barbara nicht viel mehr darauf aus war, *ihr* Befriedigung zu verschaffen. Wichtig aber war, dass da *etwas in ihr war*, das sich ihrer Kontrolle entzog; dass sie *benutzt* oder gebraucht, zum Hilfsmittel oder Werkzeug degradiert wurde, das keinen eigenen Willen mehr hatte.

Plötzlich stieß der Strap-on an etwas an, das Judith zusammenzucken ließ. Barbara zog ihn langsam wieder heraus und schob ihn dann wieder hinein. Wieder stieß er an und Judith zuckte wieder. Barbara stabilisierte ihre Position und begann dann, den Strap-on in immer kürzeren Intervallen in Judith hineinzustoßen. Jedesmal, wenn sie ihn ganz eingeführt hatte, so dass ihre Schenkel gegen die Pobacken Judiths klatschten, zuckte diese und langsam breitete sich in ihrem Unterleib jenes undefinierbare Gefühl weiter aus. Der ganze Unterleib schien zu kribbeln oder taub zu werden. Barbara stieß immer schneller zu, Judith begann im gleichen Rhythmus zu stöhnen bzw. nach Luft zu schnappen und Barbara tat es ihr gleich: auch sie stöhnte und ihr Schweiß bildete eine Schicht auf der Haut in ihrem Schoß.

Judith konnte es nicht fassen, aber ganz ohne Zweifel wurde sie geil, ohne dass sie ihr eigenes Glied berührte und sogar ohne dass dieses steif würde. Stattdessen breitete sich die Geilheit diffus im ganzen Unterleib aus.

Langsam erreichte diese Geilheit einen Grad, bei dem Judith nicht mehr wusste, ob sie noch angenehm war. Der Körper reagierte, ohne dass sie ihn noch willentlich steuern konnte. Die Stöße von Barbaras Strap-onbewehrten Schenkeln peitschte die Geilheit immer weiter auf, und Judith konnte nichts mehr dagegen tun. Sie spürte, wie ‚es' in ihr aufstieg, wie sich ihr Körper verselbständigte und einen rein körperlichen, animalischen Reflex hervorbrachte. Ihr Unterleib begann sich zu bewegen und den Stößen Barbaras entgegenzukommen. Sie nahm den Schwanz, der in sie gestoßen wurde, auf und empfing dessen Stöße und alles, was damit zusammenhing: die Wärme, die Reibung, die Körperflüssigkeiten.

Und dann kam es ihr. Judiths Unterleib zuckte unkontrolliert, sie schrie und stöhnte hemmungslos, der Körper schien explodieren zu wollen und er pumpte und pumpte, ohne dass der Orgasmus ein Ende nehmen wollte. Und mit ihr schrie Barbara und beide Körper zuckten im gleichen Rhythmus. Nach einiger Zeit erst ließ das unkontrollierte Zucken langsam nach, und als sie wieder atmen und denken konnte, wusste Judith, dass dies alles hinter sich gelassen hatte, was sie – als Tom – jemals erlebt hatte. Gegen *diesen* Orgasmus war alles, was sie bis dahin als Orgasmus bezeichnet hatte, in sehr dicke Anführungsstriche zu setzen.

Judith sank langsam in sich zusammen, und Barbara ließ sich ihrerseits ermattet auf Judiths Rücken sinken, der noch immer im inzwischen schweißnassen Unterkleid steckte. Barbara knabberte ein wenig am Verschluss des BHs, der sich durch den dünnen Stoff des Unterkleids abzeichnete, bevor sie ihren Kopf auf Judiths Rücken legte.

So lagen sie einige Zeit, bis Judith der Strap-on unangenehm zu werden begann. „Er muss da raus", flüsterte sie.

„Aber du musst dir wieder einen Tampon einführen, denn ich weiß nicht, ob du nicht vielleicht blutest."

Barbara zog ihn langsam und vorsichtig heraus und Judith erhob sich, um sich im Bad provisorisch zu reinigen. Sie wusch ihren Schritt, den Po und ihren schlaffen Schwanz, führte dann einen Tampon ein – Barbara hatte ihr inzwischen eine Packung größerer Tampons im Bad deponiert, als wenn das von nun an ihre wären –, zog ein frisches Höschen an und ging zurück ins Schlafzimmer, wo Barbara inzwischen das Oberbett frisch bezogen hatte.

„Komm, mein Schatz," flüsterte sie und hob die Bettdecke, so dass Judith darunter schlüpfen konnte. Als sie in ‚Löffelchen'-Position lagen und ein wenig gekuschelt hatten, fragte Barbara: „Wie war es?"

Judith zögerte einen Augenblick. „Unglaublich", sagte sie dann, „ich ... ich möchte es niemals wieder anders."

Barbara drückte sie an sich und schwieg. „Ich liebe dich, mein Schatz", flüsterte sie dann. „Es kann keine Art geben, wie jemand *mehr* Liebe empfinden kann als die, die ich gerade für dich empfinde."

„Ich liebe dich auch", antwortete Judith, „und ich danke dir für all die wunderbaren Erfahrungen, die ich in diesen Tagen machen durfte. Und dass du mich deine Liebe so deutlich spüren lässt, wie jetzt gerade!"

Kapitel 5
Verwandlung

Am nächsten Morgen stand Judith gemeinsam mit Barbara auf, die früh zur Arbeit musste. Für Judith war es in diesem Augenblick fast selbstverständlich, dass sie ihren seidenen Bademantel über ihr Nachthemd zog und Frühstück machte, während Barbara duschte, sich ankleidete und schminkte, um bürotauglich zu sein. Als sie ins Esszimmer trat, bewunderte Judith die Souveränität, mit der Barbara sich – nach dieser Nacht – wieder in eine erfolgreiche, selbstbewusste Geschäftsfrau verwandelt hatte, der man so etwas wie Privatleben nicht ansah.

„Wie weit sind wir denn eigentlich", fragte Barbara, während sie sich an den Frühstückstisch setzte und Judith ihr einen Kaffee eingoss, „wann gehen wir in die Kneipe?"

„Ich dachte, wir hätten das kommende Wochenende anvisiert. Haben wir nicht deswegen solche Eile?"

„Wir haben doch keine Eile. Wir haben einfach große Fortschritte gemacht, vor allem gestern. Aber Eile haben wir nicht."

„Dann lass es uns doch noch offenhalten. Heute ist Dienstag – ich bin mir nicht sicher, ob ich bis Samstag schon so weit sein werde."

„Zumal es ja auch noch einiges gibt, das wir üben und ausprobieren müssen."

„Was meinst du?"

„Nun, noch hast du nicht alle angenehmen und auch nicht die weniger angenehmen Erfahrungen gemacht, die mit dem Frausein zusammenhängen. Denk zum Beispiel an Epilation."

„Epilation?"

„Ja. Selbstverständlich kannst du dich jeden Tag am ganzen Körper rasieren. Auf Dauer ist das aber ein bisschen aufwändig, denn Du hast ja nicht immer den ganzen Tag Zeit dazu. Daher solltest du dir überlegen, ob du nicht lieber zur Epilation, zum Epilieren, übergehen willst."

„Ist das nicht schmerzhaft?"

„Wenn es wirklich so wäre, würden das dann wohl so viele Frauen machen?"

„Aber es sagen doch viele. Und es gibt diverse Filmszenen, die das auch zeigen."

Barbara winkte verächtlich ab. „Da wird vieles heißer gekocht, als es gegessen wird. Alles Effekthascherei und Dramatisierung!"

„Na, dann sollte ich das doch ausprobieren, oder?"

„Das finde ich auch. Zumal ich das ja auch so mache, jedenfalls hin und wieder. Wenn du so kurze Haare hast wie im Augenblick, ist das wirklich nicht so schlimm. Und der Effekt auf die Haut ist toll. Du wirst es mögen!"

„Und was gibt es sonst noch zu entdecken?"

„Wir haben ja die Sache mit den Ohrlöchern noch nicht ausdiskutiert."

„Stimmt."

„Und? Wie steht es damit? Was denkst du inzwischen darüber?"

„Also, ein bisschen neugierig wäre ich schon. Jetzt bin ich schon so weit gegangen, zumal ja das Augenbrauenzupfen auch noch ansteht, oder nicht?"

„Richtig, das sollten wir gleich heute beginnen, damit wir da nicht zu viel auf einmal machen müssen. Und wie war es noch gleich mit einem Tattoo?"

„Hm." Nun zögerte Judith doch wieder. „Aber höchstens ein ganz kleines! Und an einer unauffälligen, unsichtbaren Stelle."

„Sicher! Ich will dich ja nicht verunstalten. Nein, ein kleines Tattoo an einer Stelle, die ohnehin nur ich sehen werde – das fände ich auch toll. Es muss ja nicht gleich so demonstrativ wie bei der ‚O' sein."

„Wie ist es da?"

„Ich weiß es nicht mehr so genau. Ich glaube, es ist wie ein Schild im Schritt angebracht, so dass jeder, der sich dem Schritt annähert, gleich sieht, dass die ‚O' jemandem ‚gehört', der über sie die totale Verfügungsgewalt hat. Das ist wie ein Besitzvermerk, ein Namensschild sozusagen – oder wie die Hundemarke eines Tiers."

„Und an was für eine Stelle denkst du zum Beispiel?"

„Ich denke schon an deinen Schoß, aber es sollte tiefer sitzen, in deinem Schritt. In deiner Bikini-Zone, vielleicht etwas oberhalb deines Schwanz-Ansatzes. Ich weiß das Motiv noch nicht, das müssen wir uns noch aussuchen. Das Motiv hat ja damit zu tun, was wir damit aussagen wollen bzw. was *du* damit aussagen willst. Die Stelle aber wäre jedenfalls schon einmal schön, finde ich.

Übrigens gibt es noch etwas wirklich Heißes: Du könntest ins Solarium gehen und dir die Haut ein bisschen bräunen lassen. Das wäre sowieso angebracht, das gibt dir insgesamt einen schöneren Teint. Und wenn du beim Bräunen auf der Bank einen Bikini trägst, dann zeichnet sich dessen Form auf Deinem Körper ab – in der Bikini-Zone wie auch auf der Brust. Damit spielen ja auch die Frauen hin und wieder. Das könntest du auch tun. Dann hättest du einen BH quasi ‚eingebrannt'. Das wäre sozusagen eine mildere Form des Tattoos, schließlich geht das nach einiger Zeit wieder weg."

„Hm. Das geht dann doch ganz schön weit."

„Aber es wäre doch nicht für lange. Das wäre viel weniger weit gegangen als mit den Ohrlöchern, im Gegenteil: gerade jetzt, im Winter, sieht niemand diese Spuren. Und wenn du sie wieder loswerden willst, gehst du einfach nicht wieder ins Solarium und wartest ab. Oder du gehst eben ohne Bikini – dann sind die helleren Stellen auch ganz schnell wieder weg."

„Stimmt. Keine schlechte Idee, eigentlich. Geil. – Dann müssen wir aber erst einmal einen heißen Bikini aussuchen. Am liebsten einen möglichst knappen. So einen ... wie heißt das?"

„Einen Triangel?"

„Keine Ahnung. Jedenfalls einen richtig knappen, der praktisch nur aus Dreiecken besteht. Wo man das Höschen an den Seiten zusammenbinden kann."

„Und im Bedarfsfall einfach an den Bändern ziehen?"

„Ja, eben."

„Okay. Und das sollten wir möglichst schnell machen, denn dein Busen sitzt gerade perfekt. Und der Kleber könnte heute Abend schon nachlassen."

„Dann kleben wir ihn eben wieder auf."

„Aha." Barbara schmunzelte. „Gut, dann machen wir das. Also: Wenn ich gleich ins Büro fahre, werde ich in der Mittagspause nach einem Bikini für dich sehen. Ich such' dir einen möglichst heißen aus. Klein und dreieckig." Sie lachte. „Das kriegen wir hin. Und wann machen wir das mit den Ohrlöchern?"

„Was schlägst du vor?"

„Du könntest in meiner Mittagspause ebenfalls in die Stadt kommen."

„Heute?!" Plötzlich wurde Judith sich unsicher. Zumal ihr bewusst wurde, dass sie für das Stechen der Ohrlöcher wiederum in die Stadt musste und das diesmal am helllichten Tag und allein. Sie zögerte.

„Gestern war es auch hell, und du hast doch gesehen, wie gut es ging. Niemand hat etwas bemerkt, nicht einmal bei näherem Hinsehen."

„Aber da warst du dabei und hast die meisten Blicke auf dich gezogen."

„Das bildest du dir nur ein. Und heute hast du noch den ganzen Vormittag, um herumzuprobieren. Und dann hast du heute auch die Kleider, die wir gestern gekauft haben."

„Okay. Ich kann mir ja Mühe geben mit dem Schminken, und dir dann Bescheid geben, ob ich mich traue."

„Gut. Ich habe nur einen Wunsch."

„Und zwar?"

„Ich habe dir ein Höschen aufs Bett gelegt – das solltest du tragen."

„Was ist diesmal der Haken?"

„Nun, diesmal geht's nicht in die Richtung, die wir gestern eingeschlagen haben – das kommt dann morgen wieder. Diesmal ist es ein anderes *Material*. Übrigens: diesmal ist der Analplug obligatorisch, selbstverständlich, wenn wir an gestern Abend anknüpfen wollen. Und dazu passt besser ein Gummi-Slip. Latex. Er schließt alles besser ein, ist ganz weich und legt sich um alles wunderbar eng drumherum. Er fühlt sich, wenn er warm wird, an wie deine eigene Haut. Das ist ganz einfach geil. Allerdings bleibt die Regel eisern bestehen: keine Selbstbefriedigung! Wenn du das nicht hinbekommst, müssen wir den Keuschheitsgürtel weiter benutzen. Ich hätte ja für meinen Teil nichts dagegen und werde ihn aus Kontrollgründen vielleicht ohnehin wieder einführen, aber vielleicht findest du für heute auch Spaß an Gummi! Ach, und: für den Fall, dass du mehr Hausarbeit machen willst – was ich gut fände, außerdem ist es eine nette Beschäftigung, bei der du weibliche Bewegungen üben kannst –, habe ich eine schöne Schürze für dich, eine, wie sie früher die Krankenhaus-Schwestern getragen haben. Sie hat vorne einen Latz und wird im Rücken durch zwei breite, überkreuz geschnürte Bahnen zusammengehalten, die man vorn verschnürt. Sie passt sich sehr gut an deinen Körperformen an und schützt außerdem deine Kleidung bei der Arbeit. Trag sie, wenn du dich nachher angezogen und gestylt hast. Damit du deinen Rock nicht einsaust!"

Judith freute sich. Das passte gut. So würde sie sich freier, sozusagen ungezierter, natürlicher bewegen können.

„Und vergiss nicht, deinen Gang zu schulen! Und wie man sich hinsetzt und aufsteht. Und sich bückt, um etwas vom Boden aufzuheben. Auch mit dem Sprechen könntest du dich beschäftigen."

„Nochwas?"

„Och, mir würde schon noch einiges einfallen. Wie sieht es zum Beispiel mit deinen Nägeln aus? Wahrscheinlich musst du sie frisch lackieren. Vielleicht auch die Fußnägel. Oder willst du lieber mit mir in ein Nagelstudio gehen und dir professionell die Nägel machen lassen?" Barbara grinste. „Keine Sorge: war ein Scherz – vorläufig. Fürs erste sollte das aber ausreichen. Schließlich sehen wir uns ja schon in der Mittagspause wieder, oder?"

„Ja, okay, ich werde in die Stadt kommen – immer vorausgesetzt, dass ich mich traue."

„Dann können wir auch gleich schöne Ohrgehänge für dich aussuchen."

Bei diesem Gedanken wurde es Judith schon wieder für einen Augenblick mulmig. „Mal sehen."

„Jetzt hast du dich entschieden. Mach keinen Rückzieher! Löcher machen keinen Sinn, wenn du sie nicht nutzt. Die Ohrgehänge können ja ganz klein sein. Vielleicht nur kleine Perlen. Am Anfang musst du sowieso kleine medizinische Ohrstecker tragen, bis die Löcher richtig ausgeheilt sind. Aber du wirst sehen, wie viel Spaß das macht. Da fängt das Frausein ... nein, das stimmt nicht: das hat für dich gestern Abend ja schon begonnen. Das Ohrgehänge ist sozusagen die Belohnung oder das äußere Zeichen für das, was du gestern Nacht erlebt hast. Und je weiter wir gehen, desto größer werden sie." Barbara lachte wieder vergnügt. „Jetzt muss ich aber los." Sie nahm ihre Stiefel und zog sie an. Das Geräusch des sich schließenden Reißverschlusses machte Judith neidisch. Sie nahm sich vor, ebenfalls Stiefel anzuziehen, sobald sie allein war – die mit den höchsten Absätzen, die sie hatte.

Als Barbara die Wohnung verlassen hatte, räumte Judith zunächst den Frühstückstisch ab. Dann begann sie mit der Körperpflege und dem Schminken. Sie fühlte sich noch immer sehr am Anfang, begann aber dennoch bereits, herumzuspielen und auszuprobieren. So trug sie einen Lidstrich auf, auf den sie in einem Bekleidungskatalog aufmerksam geworden war. Als die Farbe im Gesicht überhandgenommen und im Laufe der Zeit sehr dunkel und bunt geworden war, wusch sie alles wieder ab und trug ein sehr dezentes Make-up mit einem schmalen Lidstrich auf, das sie auch nach kritischerer Prüfung für tagestauglich hielt. Sie mied absichtlich zu bunte Farben, spielte eher mit Schatten auf den Wangen und um die Augen. Am Ende fand sie ihr Ergebnis akzeptabel, besserte noch etwas daran herum und beschloss dann, dass sie sich so durchaus auf die Straße trauen konnte – wenn sie nur niemandem begegnete, der sie kannte.

Dann machte sie sich an ihre Fingernägel. Sie entfernte den alten, dunkelroten Lack, der an einigen Stellen bereits gelitten hatte und die äußersten Spitzen der länger werdenden Nägel nicht mehr richtig überdeckte. Dann pflegte sie ein wenig die Nägel, so wie sie es bei Barbara beobachtet hatte, feilte und polierte sie und beschnitt ein wenig die Nagelhaut – nur ein wenig, denn sie fürchtete Schmerzen und Blut, mit dem sie mehr verdorben als gewonnen hätte. Schließlich suchte sie in der kleinen Sammlung, die Barbara ihr hingestellt hatte, nach einem etwas helleren, aber ebenfalls zurückhaltenden, eleganten Rotton, wiederum vor der Maßgabe der Tagestauglichkeit.

Während sie den Nagellack trocknen ließ, machte sie einen Fehler: Sie setzte sich vor den Fernseher und schob ein Video ein, das sie während ihrer Shopping-Tour bei einem kurzen Ausflug in einen Sex-Shop erworben hatten: Transen beim Sex. Es verstand sich, dass das Sex mit *Männern* war. Ganz offensichtlich war das die gewöhnliche Art, in der Transen Sex hatten: Sie wollten als Frauen von Männern genommen werden. Und so sah Judith die ‚Mädels' nun, in den interessantesten Stellungen, teils aufgedonnert wie eine Drag-queen, teils sehr natürlich und weiblich, so dass nur der verbliebene, meist ziemlich große Schwanz daran erinnerte, dass hier etwas anders war als man es erwarten würde. Eine *sehr* mädchenhafte ‚Dame' tat es Judith ganz besonders an. Sie schien in ihrem Sex vollkommen zu versinken, stöhnte und japste leise und innig, bis ihr ‚Freier' kam und ihr in ihr Gesicht spritzte. Sie hatte ihren Mund geöffnet, doch der Saft verfehlte den Mund bis auf wenige kleine Spritzer und troff an ihrem schönen, ebenmäßigen Gesicht herab. Genießerisch fuhr das ‚Mädchen' mit der Zunge über den riesigen Penis, der sich schnell beruhigt hatte, dann fuhr sie sich mit der flachen Hand über ihr Gesicht, verschmierte dabei den Saft noch mehr, verstrich ihn auch über Hals, Busen und Bauch und leckte schließlich die Hand hingebungsvoll sauber.

Judith war verwirrt. Sie war doch nicht schwul! Sie fand an Männern nichts, was sie aufgeilen würde.

Aber die Vorstellung, dass ihr in ihr Gesicht gespritzt würde, erregte sie dennoch. Es war ein wenig wie die Erfahrung mit dem Strap-on: Vielleicht gehörte es zur weiblichen Sexualität hinzu, genommen und benutzt zu werden. Dass sie empfing, statt selbst zu geben, und dass dabei Tabus fallen konnten, über die sie selbst nicht wirklich bestimmte. Sie spürte, wie sich ihr Schwanz versteifte, während sie daran dachte, in dieser Weise benutzt zu werden.

Ihre Fantasie ging sogar noch weiter. Plötzlich sah sie sich nur mit einem kleinen Tanga und einem knappen BH bekleidet auf einem Kneipentisch knien, um sich herum Männer, die alle auf sie abspritzten. Der Saft troff an ihr herab. Sie hob ihren Arm, man sah ihre rasierte, makellose Achselhöhle, die ebenfalls besprizt wurde. Sie hob den anderen – dasselbe Spiel. Ein Mann spritzte ihr in den Schoß, ein anderer auf den Bauch, wieder einer ins Gesicht. Sie selbst kam nicht, aber ihr Schwanz stand prall in die Höhe und die Männer geilten sich an diesem Anblick auf. Der Reiz bestand nicht darin, dass sie selbst befriedigt wurde. Sie zog ihre Befriedigung aus der erniedrigenden Zurschaustellung ihrer widersprüchlichen, obszönen Reize.

Judith hatte ihre Hand bereits an ihrem Schwanz. Sie trug noch das Höschen, das sie in der Nacht zu ihrem Negligé getragen hatte. Ihr Schwanz hatte darin jede Entfaltungsmöglichkeit und hatte sie redlich genutzt. Judith hätte ihn nicht viel mehr als mit den frisch lackierten Fingernägeln berühren müssen und er wäre mit Sicherheit explodiert. Da erinnerte sie sich an die Worte Barbaras. Es war nicht recht, das spürte Judith, trotz aller Lust, sich selbst zu befriedigen. Sie wollte Barbara dabei haben. Vielleicht konnten sie gemeinsam dieses Video ansehen und die Szenen nachstellen oder sich davon inspirieren lassen. Ihr Schwanz war schon kurz davor, zu zucken, er wollte sich unbedingt entladen. Doch Judith hob die Hände und wartete, bis der Sturm vorüber war. Dann stand sie auf und ging ins Schlafzimmer, um sich vollends anzukleiden.

Sie legte Negligé und Höschen ab, überprüfte ihre Brüste, die auch am dritten Tag noch tadellos hielten, und sah sich dann nach dem von Barbara bereitgelegten Latex-Höschen um. Es lag im Badezimmer auf dem Stuhl, war schwarz, glänzte sanft und unschuldig und sah nach nicht viel mehr aus als nach einem Stück schwarzem Gummi. Judith nahm es in die Hand. Es hatte die obligatorischen drei Öffnungen, war aber ansonsten vollkommen schmucklos. Vorsichtig stieg sie hinein und zog es an den frisch rasierten und eingecremten Beinen hoch. Es fühlte sich unspektakulär und kühl an. Als das Höschen im Schritt angekommen war, nahm sie mit ihrer rechten Hand ihren Schwanz und die Hoden und legte sie nach vorn. Dann zog sie das Höschen darüber. Es wurde eng darin, sie musste nachbessern und ordnen, um alles richtig und bequem zu verstauen, so dass möglichst nichts verrutschen konnte. Sie spürte, dass ihr Schritt eng umschlossen war wie von einer Haut, und fühlte sich wohl damit. Die Enge *hatte* etwas, zweifellos. Schon schien der Schwanz wieder wachsen zu wollten, doch Judith überließ sich dem nicht. Sie nahm sich vor, zu beobachten, wie sich das Höschen und die Enge im Laufe des Tages entwickelte und ob es zu peinlichen Beulen oder anderen sichtbaren Zeichen kommen würde. Und welche anderen, reizvollen Situationen sich eventuell daraus ergaben.

Dann zog sie sorgfältig einen roten Stringtanga über das Latexhöschen. Es sah verrucht aus! Schließlich zog sie langsam die dazu passenden Dessous an: Strumpfhalter, BH und Hemdchen. Eigentlich war ihr heute nach einem etwas legereren Outfit, daher entnahm sie der Tüte, die sie gestern mitgebracht hatte, einen karierten Wickelrock, der an der Hüfte von zwei schmalen Lederriemchen gehalten wurde und der eine sehr feminine Passform hatte, wie die Verkäuferin eigens betont hatte. Er ging nicht ganz bis auf die Knie und ließ viel von Judiths langen Beinen in hautfarbenen Strümpfen sehen. Dazu zog sie ein T-Shirt-Top an, zu dem sie sich ein Tuch heraussuchte, in dem sie sich wohlfühlen würde. Heute würde sie sich nicht so geschnürt fühlen, sondern eher weich. Darauf freute sich. Sie wählte ein wenig Schmuck: Ringe, ein Armband, eine unauffällige Damen-Armbanduhr, und schloss eine zarte Kette mit einem kleinen, glitzernden Steinchen in ihrem Nacken. Mit dem Spiegelbild war sie recht zufrieden.

Als sie auf die Uhr sah, bemerkte sie, dass sie nur noch etwa eine Stunde Zeit hatte, bevor sie in die Stadt aufbrechen musste. In dieser Zeit wirkte sie, die blendendweiße Schürze umgebunden, in der Wohnung. Sie räumte auf, saugte ein wenig Staub, schrieb eine Einkaufsliste.

Schließlich überprüfte sie noch einmal eingehend das Make-up und den Sitz der Perücke, zog sich dann ihren Mantel und ihre Lieblingsstiefel an – die braunen Lederstiefel mit der eleganten Passform –, horchte kurz an der Wohnungstür, ob das Treppenhaus frei war, und huschte aus der Wohnungs- und der Haustür. Sie ging erst langsamer, als sie auf der Straße einige Meter vom Haus entfernt war.

Sie musste mit der U-Bahn in die Stadt fahren, doch es war hier ähnlich wie im Kaufhaus: Jeder war mit sich selbst beschäftigt, niemandem schien die junge Frau in ihrem unauffälligen Mantel ohne besondere Merkmale aufzufallen, die schüchtern auf einer Bank saß und in eine kleine Broschüre vertieft zu sein schien.

Judith traf Barbara am vereinbarten Ort. Sie kamen beide gleichzeitig an und Judith war erleichtert, dass sie nicht warten musste.

„Da bist du ja", sagte Barbara und musterte Judith von oben bis unten. „Schick siehst du aus! Hey, die Stiefel sind echt toll. Und sie passen wunderbar an deine Beine. Zeig mal" – damit griff sie Judiths Mantel und zog ihn etwas auseinander – „der Rock ist auch toll. Das haben wir wirklich gut gemacht!" Sie ließ den Mantel wieder los, sah Judith in die geschminkten Augen und sagte: „Und du hast einen Lidstrich! Wouw! Wenn ich es nicht schon wäre, würde ich mich jetzt bestimmt in dich verlieben! Bis über beide Ohren."

Judith wurde rot und wusste nicht, was sie sagen sollte. Sie senkte unwillkürlich die Augen und sah beschämt, aber auch ein bisschen stolz zu Boden.

„Ich habe übrigens einen Termin gemacht." Barbara

sah auf ihre Uhr. „Wir gehen zu meinem HNO-Arzt, da kann man Ohrlöcher stechen lassen. Bei ihm kannst du ganz sicher sein, dass das hygienisch einwandfrei und sauber gemacht wird. Komm, wir sind schon etwas knapp dran."

Barbara zog Judith hinter sich her, und diese war froh, dass ihre Stiefel keine 15-Zentimenter-Absätze hatten. Aber dennoch spürte Barbara das Zögern Judiths. Sie blieb stehen.

„Was ist mit dir? Hast du Bedenken?"

Judith nickte.

„Ich glaube, dass du die nicht brauchst, mein Schatz. Du hast dich richtig entschieden. Was du jetzt tust, wird für dich bestimmt eine schöne Erfahrung werden. Vertrau mir! Ich kenne dich gut genug, um ganz genau zu wissen, dass das so sein wird. Du bist doch schon viel weiter gegangen, als du dir das selbst erträumt hättest. Und du hast noch nichts davon bereut, stimmt's? Der Schritt, den du jetzt tust, ist nur die logische Konsequenz von all dem. Und durchaus nicht irreversibel. Glaubst du mir, dass ich dich einschätzen kann und ungefähr weiß, was dir bevorsteht? Vertraust du mir?"

Judith nickte wieder.

„Also! Wenn das wirklich so ist, dann brauchst du keine Angst zu haben. Okay? Denk immer dran: Ich bin dein ‚fünftes Element'!" Barbara strahlte sie an.

Auch Judith lächelte. Noch niemals war sie auf dieses ‚fünfte Element' so sehr angewiesen gewesen wie in diesem Augenblick. Sie hatte das Gefühl, sich mit dem Schritt, der ihr nun bevorstand, vollkommen in ihre Hand zu geben. Und zugleich spürte sie, dass Tom Barbara niemals so ‚elementar', so abgrundtief geliebt hatte, wie es Judith gerade jetzt tat.

In der HNO-Arzt-Praxis brauchten sie kaum zu warten, schon saß Judith im Behandlungszimmer auf dem Behandlungsstuhl und harrte der Dinge, die da kommen würden. Eine sehr junge Arzthelferin kam herein.

„Sie möchten sich Ohrlöcher stechen lassen?" wandte sie sich an Judith.

Barbara sprang für sie ein: „Das war ein Spontanentschluss. Meine Freundin hatte bisher noch nie Ohrlöcher. Aber jetzt dachten wir, wäre es doch an der Zeit."

Die Arzthelferin wandte sich wieder an Judith. „Gut. Sie werden sehen, mit dem Gerät, das wir verwenden, ist es eine ganz saubere Sache und es tut praktisch nicht weh. Kein Vergleich zur Bohrmaschine unserer Väter und Onkel." Die Helferin lachte vergnügt auf. Dann legte sie Judith wie beim Zahnarzt ein kleines Papiertuch um und bat sie, ganz entspannt zu sitzen.

Judith war es, als stünde sie neben sich und schaute dem Ganzen nur zu. Was machte sie hier? War sie nicht eigentlich ein Mann, der in Räume eingedrungen war, die einem Mann normalerweise verschlossen waren? Wie sah denn das aus, wenn man das Ganze aus größerer Distanz betrachtete? Was machte sie hier nur? Oder ‚er'?

War es schon zu spät, um zu protestieren? Gab es noch ein Zurück? Was würde passieren, wenn sie dies einfach so geschehen ließ?

Aber *wollte* sie denn zurück?

Das war das eigentlich Irritierende: dass Judith gar nicht mit Sicherheit sagen konnte, ob sie zurück oder ob sie es nicht vielmehr geschehen lassen, ob sie nicht eigentlich sogar noch weiter wollte. Tatsächlich fühlte sie sich für ein Zurück in dieser Situation gänzlich unfähig. De facto war sie wie gelähmt. Wieder geschah da etwas mit ihr, worauf sie keinen Einfluss mehr hatte. So ließ sie alles geschehen, ließ es über sich ergehen, während der Gedankensturm, der als Folge einer kurzen Panik ausgebrochen war, allmählich abebbte und eine betäubte Ruhe einkehrte.

Die Ohrläppchen wurden gründlich gereinigt und desinfiziert, dann kam die Arzthelferin mit einem Gerät, das entfernt an eine kleine, verzinkte Pistole erinnerte.

„Haben Sie sich denn schon für ein Modell unserer Erststecker entschieden?", fragte sie. „Sie wissen ja bestimmt, dass Sie zunächst ein paar Tage lang diese medizinischen Stecker tragen müssen, bis die Löcher die richtige Größe und Festigkeit haben. Erst dann sollten Sie sie gegen andere Ohrstecker oder auch Gehänge austauschen. In dieser Zeit müssen Sie die Stecker immer wieder einmal drehen, sie bewegen, damit sie nicht festwachsen. Danach können Sie dann zu den größeren Steckern übergehen. Mit den richtig großen Gehängen würde ich allerdings noch etwas warten, vielleicht eine oder zwei Wochen." Die Arzthelferin lächelte glücklich und klimperte mit den eigenen, beeindruckend großen Gehängen. „Die Ohrläppchen müssen sich daran ja erst noch gewöhnen. Aber Ihre sind ja schön fest, da geht das bestimmt schnell. – Das ist toll," fügte sie dann wie in Gedanken an, „ich habe bisher bei kaum einer Frau so stabile, feste Ohrläppchen gesehen. Da werden Sie schnell soweit sein!"

Tatsächlich war bereits in wenigen Minuten alles vorbei. Die kleinen, blumenförmigen Stecker, die Barbara ausgesucht hatte, nachdem sich Judith nicht hatte entscheiden können, wurden mit einer einzigen Bewegung durch die Ohrläppchen gestoßen und von hinten befestigt, dann gereinigt. Anschließend wurde noch einmal alles desinfiziert und mit einer dünnen Creme eingerieben, und schon war es geschehen. Judith hatte plötzlich wieder ihren Mantel an und stand im Flur vor der Praxis, ohne dass sie recht verstanden hatte, was eigentlich in dieser kurzen Zeit vor sich gegangen war. Ihre Ohrläppchen brannten ein wenig. Sie griff mit dem Finger danach und spürte den ungewohnten Gegenstand. Barbara nahm einen Handspiegel aus ihrer Handtasche und gab ihn ihr.

Judith erkannte sich nicht mehr. Das war unglaublich! Sie sah einen ganz anderen Menschen, als den, den sie kannte und im Spiegelbild erwartet hatte. Das war eine junge Frau, eine mädchenhafte Frau mit sehr zarten Ohrsteckern in ihren wohl geformten Ohren – es war das erste Mal, dass sie die Form ihrer Ohren wirklich wahrnahm –, über die lange, schwarze Locken auf ihr wunderschönes, weiches Tuch fielen. Sie war sprachlos.

„Lass uns erst mal einen Kaffee trinken", sagte Barbara, die sie schweigend beobachtet hatte, und zog Judith bereits in Richtung des Cafés, in dem sie schon am Vortag gesessen hatten.

„Nun schau nicht so bedröppelt", lachte Barbara sie an, als sie sich gesetzt hatten, „es ist nichts wirklich Schlimmes passiert! Wirklich!"

Judith wusste nicht, was sie sagen sollte. „Ich weiß schon," sagte sie schließlich, „mit ‚schlimm' hat das auch gar nichts zu tun. Aber diese Veränderung ... das hätte ich nicht gedacht! Eine richtige ... Verwandlung!" Wieder sah sie in den Handspiegel. „Du hast schon recht, das ist Weiblichkeit pur. Das ist ... irgendwie ... und ich weiß nicht, ob das nicht irgendwie doch ... zu weit geht."

Barbara lachte wieder. „Du hast vollkommen recht: das ist Weiblichkeit pur," sagte sie, „und damit kommt nun wirklich *niemand* mehr auf den Gedanken, dass das keine Frau ist, die da in dem schönen, karierten Rock, den traumhaften Stiefeln und – *by the way* – dem perfekten, wohlproportionierten Busen vor ihm sitzt oder auf der Straße mit leicht wiegenden Hüften vor ihm hergeht. Ob Dir das zu weit geht, wirst Du ja dann sehen. Apropos: wie sieht es denn *unter* deinem Rock aus?"

„Wie bitte?"

„Na, trägst du es?"

„Was?"

Nun senkte Barbara deutlich die Stimme und bewegte kaum ihre geschminkten Lippen. Schließlich waren sie im Café nicht allein. „Den Latexslip, Dummerchen!"

„Ach so", Judith erwachte und wurde wieder einmal rot, „ja, natürlich – das war doch ausgemacht."

„Und?"

Judith versuchte sich auf ihren Schritt zu konzentrieren. „Weich. Und warm. Und … ein bisschen glitschig vielleicht."

Barbara nickte und flüsterte wiederum: „Natürlich. Die Feuchtigkeit der Haut kann ja nicht entweichen. Also wird alles ein bisschen feucht und damit glitschig. Aber raustropfen kann nichts, oder?"

„Was?!" Judith war alarmiert.

„Na, ich meine, wie feucht ist es denn?"

„Barbara," hauchte Judith jetzt nur noch, „sei doch still. Bist du verrückt?"

„Wieso?" Barbara tat ganz unschuldig. „Was ist denn falsch daran?"

Tatsächlich fühlte Judith, dass sich in ihrem Höschen blanke Wohligkeit ausgebreitet hatte – und offenbar weiter ausbreiten wollte. „Ich glaub', ich muss mal eben auf die Toilette." Sprach's und weg war sie – bereits vollkommen souverän auf ihren hohen Absätzen.

„Soso," schmunzelte Barbara noch, „auf die Toilette also. Ich bin gespannt."

Judiths Handtasche hing unberührt an ihrer Stuhllehne.

Erst als Judith die Klinke schon in der Hand hatte, merkte sie, dass sie ganz selbstverständlich auf die Herrentoilette zugesteuert war. Sie ließ die Klinke wieder los. „Mist", flüsterte sie, „daran hatte ich nicht gedacht." Dann ging sie die paar Meter weiter zur Damentoilette. Kurz vor ihr war eine jüngere Frau mit großer Handtasche hineingegangen. Ihre Handtasche hatte Judith natürlich vergessen. Ging das auch ohne? Immerhin brauchte sie im Augenblick keinen Tampon.

Sie wartete noch einen Moment in der Hoffnung, dass die Frau wieder herauskäme, doch es kam stattdessen eine andere heraus. Offenbar war also mehr Betrieb. Schon wollte Judith umdrehen, doch da spürte sie, dass sie dringend auf die Toilette musste, nicht nur, um wieder Ordnung im Höschen zu schaffen. Also fasste sie sich ein Herz, öffnete die Tür und huschte hinein.

Die Damentoilette sah nahezu genau so aus wie die Herrentoilette, nur eben ohne Pissoirs, stattdessen mit mehr Kabinen. Judith sah, dass eine von ihnen besetzt war. Am Waschbecken stand eine weitere junge Frau und ordnete ihre Haare.

Ohne sich weiter umzusehen und möglichst ohne sich die Unsicherheit anmerken zu lassen, steuerte Judith auf eine der Kabinen zu und schloss die Tür hinter sich. Dann zog sie ihren Rock hoch und wollte das Gummihöschen herunterziehen – das Geräusch, das das Gummi dabei erzeugte, war mehr als nur hörbar. Judith erstarrte. Doch es gab kein Zurück. Schon spürte sie den Druck in der Blase, der sie dazu nötigte, das Tempo zu steigern. Also versuchte sie, das Höschen zu bewegen, ohne dabei allzu viel verräterische Geräusche zu erzeugen. Das gelang nur mittelmäßig, schließlich aber war

Judith wenigstens in der Lage, zu urinieren. Dabei hörte sie, dass es auch in der Nachbarkabine plätscherte. Sie blieb einen Augenblick sitzen, atmete tief durch – und musste grinsen. Was für ein Bild! Da saß sie, bis vor einigen Tagen noch ein durchaus stattlicher junger Mann, mit *Perücke* und *Busen* in *Frauen*kleidern und *geschminkt* auf der *Damen*toilette eines öffentlichen Cafés, hatte bei hochgezogenem *Rock* ihr *Gummi*höschen heruntergelassen und pinkelte – selbstverständlich im Sitzen –, bevor sie dann vor der Aufgabe stehen würde, den *Analplug* wieder richtig zu positionieren und das Gummihöschen wieder zwischen den *Strapsen* aufwärts und in eine möglichst perfekte Position zu bugsieren, damit nichts verrutschen konnte und keine Beule auf dem glatten Stoff des Rocks zu sehen sein würde.

Als in der Kabine nebenan die Spülung betätigt wurde, erhob sich Judith und nutzte die Geräusche des nachlaufenden Wassers, um das Höschen schnell wieder hochzuziehen und richtig zu positionieren. Den Analplug hatte sie vorher bereits kontrolliert, ihn noch etwas tiefer hineingedrückt. Vielleicht hielt er besser, wenn er etwas größer wäre …

Dann trocknete sie ihren Schritt von der Körperflüssigkeit, die sich dort inzwischen angesammelt hatte, legte den Schwanz wieder in die Position, die sich als die unproblematischste erwiesen hatte, und zog das Höschen so fest, dass sich in nächster Zeit nichts verändern konnte. Bis dann die Haut wieder ihre Feuchtigkeit abgeben und das ganze unsicher machen würde.

Sie zog vorsichtig den roten Stringtanga darüber, ordnete Strapse und Strümpfe, die sie wieder ein Stück nach oben ziehen und deren Verschlüsse sie nachstellen musste, ließ den Rock wieder fallen, zog das Hemdchen glatt und schließlich auch das Top. Bevor sie die Kabine verließ, streckte sie sich einmal, fuhr mit ihren Händen an ihrem schlanken Körper hinunter und genoss das Gefühl, dass alles wieder dort saß, wo es hingehörte. Auch der Busen – sie wog ihn in ihren Händen – saß unvermindert perfekt. Dann öffnete sie die Tür und trat vorsichtig aus der Kabine.

Am Waschbecken stand offenbar ihre Kabinennachbarin und erneuerte ihr Make-up. Ihre Blicke begegneten sich im Spiegel, die Frau lächelte vielsagend. „Wouw!" sagte sie, „das erlebt man auch nicht alle Tage."

Judith wurde wieder einmal rot und wusste nicht, was sie sagen sollte.

„Und trotzdem so schüchtern?" Jetzt drehte sich die Frau zu ihr um. „Wieviel Gummi hast du denn unter deinem unschuldigen Outfit, Schätzchen?"

Judith war schon fast ein bisschen erleichtert, fühlte sich aber noch immer bedrängt. Zugleich machte es plötzlich auch ein wenig Spaß. Der Schwanz begann sich schon wieder zu regen.

„Nur das Höschen – für den Anfang." Judith lächelte schüchtern.

„Heiß!" Die Frau drehte sich wieder um, zog im Spiegel ihren Lippenstift nach und flüsterte noch einmal: „Heiß heiß heiß! Und was kommt als nächstes?"

Judith zögerte. „Ich weiß noch nicht."

„Versuch es doch mal mit einem Höschen, in den ein Dildo eingebaut ist. Gibt's mit verschieden großen Schwänzen. Wenn du willst, kannst du ihn sogar aufpumpen. Oder ..." Sie wandte sich Judith zu und sah an ihr hinunter.

„Nein, nein", beeilte sich Judith, „nur das Höschen."

„Also!" Die Frau wandte sich wieder ihrem Spiegelbild zu. „Das wäre ein nächster Schritt. Und dann der nächste wäre der mit Batterie. Aber achte beim Kauf darauf, dass er kein Geräusch macht! Jedenfalls wenn Du das nicht willst, Schätzchen!" Da sie dabei war, den Lippenstift nachzuziehen, konnte sie gerade nicht lächeln und wirkte irritierend sachlich.

Judith wusch sich die Hände. Keine Tasche – kein Auffrischen des Make-ups. Also verließ sie umgehend die Toilette und ihre Kabinennachbarin, die ihr einen sehnsüchtigen Blick nachsandte, und setzte sich wieder zu Barbara.

„Ich wollte schon eine Vermisstenanzeige aufgeben", flüsterte diese. „Was war?"

„Probleme."

„Sag'!"

„Damentoilette, Höschen – und eine Frau, die meinte, alles mitbekommen zu haben, in Wirklichkeit das Wichtigste aber nicht. Und die mir dann auch noch Tipps geben wollte."

„Dann hat doch alles geklappt."

„Das nächste Mal muss ich meine Handtasche mitnehmen, damit ich mein Make-up auffrischen kann."

„Mein Schatz, du bist absolut perfekt geschminkt! Du brauchst nichts aufzufrischen!"

„Wirklich?' Judith ging es immer besser. Inzwischen strahlte sie von einem glitzernden Ohrstecker zum anderen. „Danke!"

Barbara und Judith gingen anschließend in die Sportabteilung eines Kaufhauses und suchten einen Bikini aus – nicht *zu* knapp, wie sie beide fanden, es sollte ja auch nicht *zu* blödsinnig aussehen. Die Spuren eines Urlaubs auf den Bahamas sollten es sein, die auf Judiths Haut gebrannt werden sollten, nicht die einer Peepshow.

Sie verabredeten, sich am Abend um ein entsprechendes Solarium zu kümmern. Dann musste Barbara wieder ins Büro und Judith machte sich auf den Heimweg. Allein wollte sie nicht durch die Stadt laufen, dafür fühlte sie sich entschieden zu wehrlos, selbst wenn ihr Selbstbewusstsein und zumindest der Anflug von Selbstsicherheit inzwischen deutlich gewachsen war.

Zu Hause wechselte sie die Kleidung – nicht die Höhe der Absätze und nicht das Gummihöschen, worauf Barbara eigens hingewiesen hatte –, zog sich etwas Bequemeres an, setzte sich aufs Sofa und entspannte sich ein wenig.

Die Tage rauschten an ihr vorüber, es geschahen unfassbare Dinge. Fünf Tage dauerte dies nun schon – oder erst? Sie war am ganzen Körper rasiert, trug dauerhaft eine Perücke und Schmuck an Fingern, Armen und am Hals und seit heute Mittag sogar Ohrstecker in gestochenen Löchern. Und nachdem sie vor drei Tagen fast in Ohnmacht gefallen wäre bei der Vorstellung, einen Busen angeklebt zu bekommen, der 72 Stunden dort bleiben sollte, war sie nun entschlossen, den Kleber in dem Augenblick zu erneuern, in dem er nachließ. Und die hohen Absätze, von denen sie sich nur zum Schlafen trennte, hatten vielleicht schon die Sehnen an ihren Füßen verändert. Unfassbar, was hier geschah! Am Anfang war es ein unbedachtes Versprechen gewesen, quasi eine verlorene Wette – nun war es Genuss und ein unerwartetes Abenteuer. Noch vor einer Woche hätte Tom das für gänzlich unmöglich gehalten.

Nicht zuletzt hatte sich das Verhältnis zu Barbara verändert. Auch vorher waren sie einander verbunden gewesen, sie hatten sich geliebt. Aber nun hatte diese Liebe eine Intimität bekommen, die ihr vorher unbekannt gewesen war. Sie waren Freundinnen und Sexpartnerinnen – trugen sogar zeitgleich Tampons –, zugleich *führte* Barbara Judith, manchmal fast unerbittlich, aber immer mit einem guten Ende. Ursprünglich war es darum gegangen, Tom etwas klarzumachen, aber jetzt teilten sie eine neue Welt. Sie waren gemeinsam eingetreten in die Welt ‚hinter dem Schrank', waren zwei andere geworden – konnte man wirklich sagen: ‚zwei Frauen'? –, die einander so nahe waren, wie das in ihrer jahrelangen Mann-Frau-Beziehung niemals der Fall gewesen war. Judith vertraute sich Barbara rückhaltlos an, und diese übernahm für sie Verantwortung.

Judith merkte, wie glücklich sie diese Veränderungen machte, auch wenn es nicht ganz einfach war, sich dies einzugestehen, zumindest wenn sie an Tom dachte. Und noch hatten sie Zeit und Gelegenheit, dieses Experiment weiterzuführen. Der früheste Termin für ihren Kneipenbesuch war Samstag, bis dahin blieben noch einige Tage. Wunderbar! Judith war froh darüber, dass sie diese Möglichkeit hatte. Froh und unendlich dankbar.

Kapitel 6
Drei sind keiner zu viel

Am späten Nachmittag kam eine SMS von Barbara:

> „Liebste Judith! Bist du gesellschaftsfähig? Ich bringe eine Freundin mit. Habe sie zufällig getroffen. Wir machen uns einen gemütlichen Mädelsabend, vielleicht mit einem schönen Mädelsfilm. Magst du schon einmal alles vorbereiten? B."

Eine Freundin?!? Was meinte sie mit ‚gesellschaftsfähig'?!? Ein Mädelsabend mit einem Film?!? Augenblicklich geriet Judith in Panik. Was war bei all dem zu bedenken? Welche Gefahren bestanden? Was musste sie vorbereiten? Was durfte sie auf keinen Fall vergessen? Warum hatte Barbara nicht geschrieben, wann genau sie eintreffen würden? Wie viel Zeit blieb ihr noch, um alles vorzubereiten – vor allem: *sich* vorzubereiten?

Augenblicklich stand in flammenden Lettern die Frage aller Fragen vor ihrem inneren Auge: *Was soll ich anziehen?*

Judith beschloss, erst einmal den Status quo des heutigen Vormittags wiederherzustellen. Darin hatte sie sich wohlgefühlt, und er war gewissermaßen schon erprobt. Dann konnte sie immer noch sehen, ob sie vielleicht ein anderes Outfit wählen oder an ihrem Make-up etwas verändern wollte. So begab sie sich ins Bad und begann. Im Laufe der Zeit merkte sie, dass das tagestaugliche Make-up, das sie noch immer trug, nicht unbedingt zu einem Abend passte. Draußen wurde es bereits dunkel, das Tages-Make-up wirkte vor diesem Hintergrund blass. Also verstärkte sie die Schatten, trug kräftigere

Farben auf – zurückhaltend, denn sie wollte es nicht übertreiben. Sie tendierte zu einer blauen Grundfarbe, die sehr gut zu ihren dunklen Haaren passte. Allerdings würde sie die Garderobe diesem Grundton anpassen müssen. Sie hatten einen dunkelblauen Hosenanzug gekauft – wie wäre es wohl damit? Judith schüttelte den Kopf: zu business-like für einen ‚Mädelsabend'. Und das ‚kleine Schwarze'? Zu festlich, zu förmlich. Was hieß das überhaupt: ‚Mädelsabend'? Konnte sie da im Jogginganzug kommen? Der Mann in Judith hatte abstruse Vorstellungen von einem solchen, geheimnisvollen Abend unter Mädels!

Schließlich entschied sie sich für einen Jeansrock, der der Verkäuferin zufolge bequem zu tragen war und Judith bis fast zu den Knien ging – okay, nicht ganz bis fast zu den Knien, vielleicht. Dazu wählte sie einen schwarzen Body – im Schritt zu knöpfen (geil!) – und eine dunkelgrüne Bluse, die sie leger offen darüber tragen wollte. Sie zog eine hautfarbene, sehr zarte Strumpfhose an und – die Krönung! – schwarze Sandaletten mit einem 10 Zentimeter hohen Absatz – obligatorisch! – und Fesselriemchen. Sollte sie dazu lieber eine schwarze Strumpfhose anziehen? Oder doch ihre braunen Lieblingsstiefel?

Als sie sich im Spiegel besah, wechselte sie noch zweimal die Bluse, blieb dann aber doch bei der ersten Wahl. Dann versuchte sie die Stiefel und entschied sich wiederum für die Sandaletten.

Wie wäre es denn eigentlich mit einem Parfum? Gehörte das nicht gewissermaßen dazu? War das nicht ebenfalls obligatorisch für einen solchen Abend? Sie schnupperte an den Tiegeln und Fläschchen, in denen Barbara ihr Parfum aufbewahrte. Eines davon, auf das Barbara sie eigens hingewiesen hatte, sprach Judith besonders an, es schien ihr sehr weiblich und zart zu sein. Barbara trug es kaum, da es ihr zu mädchenhaft war. Judith richtete den Zerstäuber gegen ihren Hals und drückte einmal vorsichtig auf den Mechanismus, so dass sich eine zarte Wolke auf Hals, Brust und Dekolletee herabsenkte. Augenblicklich verbreitete sich ein betörender Duft im Bad und Judith hoffte inständig, dass sich die Intensität dieses Dufts in ein paar Sekunden abschwächen würde. Ansonsten würde jeder *Mann* von diesem Duft sicherlich ausrasten wie die Menge in Süßkinds „Das Parfum". Wie eine *Frau* darauf reagierte, wusste Judith nicht.

Schließlich ging sie auf ihren schönen Sandaletten, jeden Schritt genießend, die Hüften auffällig und inzwischen schon ein wenig lockerer schwingend, ins Wohnzimmer, um alles aufzuräumen und für den Besuch vorzubereiten. Sie stellte eine Flasche Rotwein bereit, nahm das Video aus dem Video-Rekorder, das sie so gefesselt hatte, und verstaute es hinter den Büchern im Bücherregal.

Kurz darauf klingelte es und im selben Augenblick hörte sie auch schon zwei Frauenstimmen im Hausflur, von denen die eine Barbara gehörte. Die andere war ein wenig tiefer, aber lauter. Judith atmete tief durch, sah noch einmal in den Spiegel, zupfte an einer Wimper, deren Tusche verklebt war, atmete noch einmal durch, dachte: „*It's showtime!*" und öffnete die Tür, kurz bevor Barbara den Schlüssel ins Schloss stecken konnte. Barbara musterte sie blitzschnell von oben bis unten und lächelte dann entspannt.

„Hallo Judith", sagte sie mit einem strahlenden Lächeln, „ich habe meine Schulfreundin Sonja mitgebracht." Dann trat sie zur Seite, drehte sich um und sagte: „Sonja, darf ich vorstellen: Das ist Judith."

Judith war auf den ersten Blick von Sonja gefangen. Sie war genauso groß wie sie selbst, und das mit flachen Absätzen, wie sie sofort gesehen hatte. Sie hatte eine blonde, krause Haarmähne, die offenbar kaum zu bändigen war, sehr helle, blaue Augen und ein professionell geschminktes, sehr gleichmäßiges, sehr glattes, wenn auch in den Formen des Kinns und der Nase etwas herbes Gesicht, das gut zu ihrer forschen Art passte, mit der sie Judith die Hand entgegenstreckte. Judith sah, dass sie sehr lange, dunkelrote Fingernägel hatte und zahlreiche goldene Armringe trug, die bei der Bewegung und überhaupt immer, wenn Sonja sprach oder sich bewegte, auffällig klimperten. Sonja trug eine sehr enge Jeans, die die Länge ihrer Beine betonte, darüber eine weiße Bluse mit kleinen Rüschen an der Knopfleiste und einen Wintermantel, der jedoch weit offenstand. Trotz der Kälte sah Judith kein Halstuch und keinen Schal.

„Hallo Judith", sagte Sonja mit einer Stimme, die ein gesundes Selbstbewusstsein verriet, „schön dich kennenzulernen."

„Das geht mir auch so", sagte Judith, die sich angesichts der enormen Präsenz dieser großen Frau und des kräftigen Händedrucks ein wenig in die Defensive gedrängt fühlte und froh war, sich in Höflichkeitsfloskeln zurückziehen zu können, „kommt doch herein!"

Sie trat mit kleinen Schritten zurück und ließ die beiden in die Wohnung.

Nachdem die Garderobe verstaut war, zog sich Barbara für einen Augenblick zurück und überließ Judith ihrem Schicksal. Diese führte Sonja ins Wohnzimmer und bat sie, Platz zu nehmen.

„Möchtest du etwas trinken?"

„Ein Gläschen Weißwein vielleicht. Oder habt ihr einen Prosecco?"

„Mal sehen", sagte Judith und ging auf ihren hohen Absätzen mit kontrollierten Schritten und dem charakteristischen Geräusch, das Absätze erzeugten, in die Küche. Dieses Geräusch hatte sie als Kind immer gehört, wenn die Eltern sich festlich gekleidet und Gäste zu Hause empfangen hatten. Immer war da das ungewohnte, feierliche Klacken der hohen Schuhe der Mutter in der Wohnung gewesen, das darauf verwies, dass es nun offiziell wurde, ein Erwachsenen-Abend mit eigenartig gekleideten Frauen, und Kinder nicht mehr zugelassen waren. Nun kam dieses Geräusch von ihr selbst und begleitete sie durch die Wohnung.

Mit drei Gläsern und einer Flasche Weißwein, die sie glücklicherweise im Kühlschrank gefunden hatte, kehrte Judith ins Wohnzimmer zurück. Sonja saß im Sessel, Judith setzte sich aufs Sofa, ihr gegenüber. Sie stellte die Beine dicht zusammen und ein wenig zur Seite, Sonja dagegen hatte sich ohne Weiteres ihre Stiefel ausgezogen und sich auf einen ihrer Unterschenkel gesetzt, nachdem sie die Stiefel achtlos neben sich hatte fallenlassen.

„Hier wohnt ihr also", sagte sie, noch während Judith die Gläser abstellte und einschenkte. „Ich hatte es mir etwas anders vorgestellt. Aber ich kenne Barbara ja auch nur als Schulmädchen, mit Mädchenträumen und ABBA-Postern in ihrem Zimmer."

„Ihr kennt euch schon aus der Schule?", fragte Judith überflüssigerweise. Sie fühlte sich gänzlich unbeholfen. Wieder sah sie sich selbst einen Augenblick lang aus einiger Entfernung: ihn, Tom, wie er dasaß in Frauenkleidern, mit einer Seidenstrumpfhose, geschminkt, am ganzen Körper sauber rasiert sogar rund um sein bestes Stück, mit lackierten Finger- und Fußnägeln und Parfum, und sich mit einer wildfremden Frau über Frauenkram unterhielt. *Irritieren* konnte ihn dieser imaginäre Anblick indessen nicht mehr.

„Wir waren praktisch die ganze Schulzeit zusammen, haben uns erst nach dem Abitur aus den Augen verloren, als Barbara studieren ging."

„Und wie kommt es, dass ihr euch jetzt wiedergetroffen habt?"

„Ich hatte etwas in Barbaras Betrieb zu tun, ohne zu wissen, dass sie dort arbeitet. Als wir uns sahen, haben wir uns sofort wiedererkannt. Barbara hat sich ja praktisch nicht verändert."

„Und du?"

„Ich bin, glaube ich, schon ein wenig älter geworden. Auch beim Gewicht habe ich ein bisschen zugelegt." Sie legte ihre Hände auf ihre Oberschenkel, die wohlproportioniert, aber für eine Frau wohl auch sehr muskulös waren.

„Aber das sieht man dir nicht an!"

„Tja, ich trainiere eben. Ich esse einfach gerne. Ich liebe überhaupt alle körperlichen Genüsse." Sonja schmunzelte genießerisch. „Und da muss man natürlich etwas tun, damit man nicht aus der Form gerät." Nun grinste Sonja beinahe schamlos.

In diesem Augenblick betrat Barbara das Wohnzimmer. Sie trug nun ein etwas bequemeres Kleid und keine Schuhe, so dass ihre schön lackierten Fußnägel durch die verstärkte Fußspitze ihrer Seidenstrümpfe zu sehen waren. Sie setzte sich ebenfalls auf ihre Beine auf dem Sofa neben Judith, nahm ihr Weinglas und schien zuhören zu wollen. Judith fühlte sich gedrängt, das Gespräch fortzusetzen.

„Was trainierst du denn?"

„Ach, ich gehe bloß ins Fitnessstudio. Wir haben da eines, da kommen auch ganz heiße Jungs hin. Das macht immer Spaß, denn man hat immer den Eindruck, dass einen jemand beobachtet."

„Und das magst du?"

„Ja, das mag ich. Ich finde es blöd, einfach nur irgendwelche Übungen zu machen oder auf die Fahrradpedale einzutreten, auch wenn ich das eigentlich ganz gern mache. Das Kribbeln versüßt mir aber den Blödsinn. Geht dir das denn nicht so?"

Judith sah kurz zu Barbara hinüber, die aber keine Anstalten machte, ihr beizuspringen. „Ich gehe nicht ins Fitnessstudio. Ich finde dieses Training irgendwie langweilig."

„Vielleicht hast du nicht das richtige Studio."

„Vielleicht. Aber ich habe mich auch noch nicht richtig umgesehen. Wie gesagt, ich finde das langweilig. Ich jogge lieber. Oder fahre mit dem Fahrrad durch die Landschaft."

„Na, du brauchst vielleicht bei deiner Figur auch kein Studio! Oder machst du eine Diät?"

Jetzt schaltete sich Barbara ein. Sie legte Judith eine Hand auf ihren Oberschenkel, der sich unter dem Jeansstoff abzeichnete, und lächelte Sonja an. „Ich scheuche Judith so in der Gegend herum, dass sie kein Spinning oder Pilates braucht." Sie lachte. Noch immer lag ihre Hand auf Judiths Oberschenkel. Durch den Jeansstoff und die dünne Strumpfhose spürte Judith die Wärme dieser Hand, die ganz leicht ihre Haut drückte und streichelte.

Sonja hatte für einen Augenblick ebenfalls auf die Hand geschaut, die sehr nahe an Judiths Schoß lag. War da Irritation in ihrem Blick? Oder war es nur ein Plan, der in ihr reifte? Judith war sich nicht sicher, aber ihr schien es, als wenn sich in der Atmosphäre des Raums etwas verändert hätte.

Sonja rückte auf ihrem Sitz etwas weiter nach vorn, sie saß jetzt mit geradem Rücken da und schien gespannte Aufmerksamkeit zu sein. Irgendwann während des nachfolgenden Gesprächs-Geplänkels bat sie darum, auf die Toilette gehen zu dürfen. Als sie wiederkam, setzte sie sich nicht wieder auf ihren ursprünglichen Platz, sondern ebenfalls auf's Sofa, an Judiths andere Seite. Barbara saß inzwischen mit einem Arm über der Sofalehne, Judith zugewandt. Sie hielt ihr Weinglas und hatte sich mit Judith unterhalten, die weiterhin unverändert ein wenig steif dasaß, die Beine noch immer züchtig nebeneinander gestellt. Auch Sonja wandte sich nun Judith zu, nahm ihr Weinglas und stieß mit Barbara und Judith an.

Aber sie nahm das Gespräch nicht wieder auf. Für einen Augenblick saßen alle drei schweigend da. Judith fühlte sich zwischen den beiden wie in einem Schraubstock und wusste nicht, wohin sie schauen sollte. Sonja winkelte eines ihrer Bein an und legte es, als wenn dies besonders gemütlich wäre, auf den Sofasitz. Dabei berührte sie wie zufällig Judiths Oberschenkel – und ließ ihr Bein dort liegen. Judith sah, wenn sie hinüberschaute, gewissermaßen genau in Sonjas Schritt – sie hätte nie gedacht, dass sich eine Frau so hinsetzen würde, so … männlich.

Es sei denn …

Plötzlich wurde es Judith heiß. Als sie Sonja anblickte, um sich zu vergewissern, sah sie unmittelbar in deren tiefblaue Augen, in denen sie geradezu versank. In diesem Blick las sie blankes Begehren, zurückgehalten vielleicht nur durch einen kleinen Rest von Konvention und Erziehung oder durch ein gut geschultes Gespür für die richtige Geschwindigkeit. Judith bemerkte, dass Sonja näher rückte.

„Ihr zwei wohnt schön hier", sagte diese plötzlich leise, „so schön abgeschieden."

„Ja, nicht wahr?", erwiderte nun Barbara von Judiths anderer Seite. In der nachfolgenden, langen Pause trank sie einen Schluck aus ihrem Weinglas, wechselte dann die Hand und legte jene, mit der sie gerade das Weinglas gehalten hatte, wieder auf Judiths Knie, diesmal knapp unterhalb des Rocksaums. „Man hat hier wirklich den Eindruck, ganz für sich zu sein, so ruhig ist dieses Haus." Sie sagte das sehr leise.

„Könnt ihr denn in dieser Stille nicht hören, wenn eure Nachbarn schlimme Dinge machen?"

„Überhaupt nicht! Das Haus ist solide gebaut, da könnte die Frau unten ihren Orgasmus laut hinausschreien, das würden wir hier oben nur hören, wenn die Fenster geöffnet wären."

„Sind sie es denn jetzt gerade?"

„Nein, sie sind ganz fest verschlossen. Wir können nichts hören. Nicht wahr, Judith?"

Judith wurde rot.

Sonja rückte noch ein Stückchen näher.

„Und was haben wir denn hier eigentlich für ein Früchtchen", sagte sie plötzlich, nachdem sie Judith noch einmal lange und intensiv angesehen hatte, während diese sich nicht zurückzuschauen traute. „Sie sitzt so gesittet da, als könnte sie kein Wässerchen trüben. Ist das Verstellung oder ist sie wirklich so?"

„Das ist meine gute Erziehung", sagte Barbara und ließ ihre Finger ganz langsam auf den Saum von Judiths Rock zuwandern. „Ich habe es mir zur Aufgabe gemacht, sie zu einer gesitteten, jungen Dame zu erziehen, die weiß, wie man sich benimmt, auch in der besseren Gesellschaft."

„So?" Sonja tat überrascht und legte ihre Hand auf Judiths Unterarm. „Und was sagst du dazu, junge Dame?"

Doch Judith wusste nicht, was sie sagen sollte. Stattdessen wurde sie noch roter, als sie es ohnehin schon war.

„Sie ist noch ein bisschen schüchtern, weißt du, sie ist ... noch Jungfrau."

„WAS?!? NEIN!", tat Sonja übertrieben erstaunt, „sie ist wirklich noch Jungfrau? Ja, *gibt's* denn heutzutage so etwas noch?" Und wieder wandte sie sich Judith zu: „Und willst du das denn auch bis zu deinem Lebensende bleiben, junge Dame?"

Judith blieb still. Sie hatte keine Ahnung, was da gerade geschah.

„Ich werte ein Schweigen als ‚Nein', musst du wissen. Wenn du jetzt also schweigst, heißt das: ‚Nein, ich will nicht bis an mein Lebensende Jungfrau bleiben.' Willst du das?"

„Nein."

„Nein? Du willst nicht bis an dein Lebensende Jungfrau bleiben?"

„Nein, nein, ich will nicht, dass du meinst, dass ich *nicht* bis an mein Lebensende Jungfrau bleiben will."

„Oh, das wird mir aber jetzt zu kompliziert. Das verstehe ich nicht mehr."

Diesmal rückten Barbara und Sonja gleichzeitig näher. Barbaras Hand war nun schon ein gutes Stück unter dem Saum von Judiths Jeansrock, an der Seidenstrumpfhose hinaufgewandert. Judith spürte, wie sich die Hand unaufhaltsam ihrem Schritt und dem Gummihöschen näherte, in dem es verteufelt warm geworden war, warm und glitschig.

„Du darfst sie nicht so verwirren. Da wird sie ja gleich ganz konfus, die Kleine."

„Dann versuchen wir es anders. Was hältst du denn hiervon?" Damit beugte sich Sonja vor, nahm Judiths Kopf in beide Hände und gab ihr einen tiefen Zungenkuss, der Judith fast den Atem nahm.

„Und?"

Judith war vollkommen perplex. Sie verstand auch nicht, was eigentlich Barbara tat. Schließlich war sie nahe daran, ihr Geheimnis preiszugeben. Und was würde dann geschehen? Andererseits – welch ein Kuss! Sie fuhr sich mit der Zunge kurz, fast verstohlen über die Lippen, als wollte sie ihn nachschmecken.

„Aha. Ganz so schlimm kann es also nicht gewesen sein. Was sagst denn du dazu, Barbara?"

Als Antwort fuhr diese mit ihrer Hand direkt in den Schoß Judiths und begann diesen zu reiben. Judith versuchte im Sofa ein wenig zurückzurücken, als wollte sie sich dem Griff entziehen.

„Du bist offensichtlich ein bisschen forsch, liebe Barbara", rügte Sonja daraufhin. „Wir sind noch nicht ganz so weit, fürchte ich, oder? Wir sind wohl noch ein bisschen eingerostet."

Damit legte Sonja ihre Hand auf Judiths Bauch und streichelte ihn langsam, bevor sie sich ebenfalls in Richtung Schoß vorarbeitete.

Dann geschah etwas Seltsames: Als die Hände von Barbara und Sonja, die vom Bund her ebenfalls *unter* dem Rock weitergefahren war, sich berührten, beugten beide sich vor und küssten sich leidenschaftlich. Sie nahmen ihre Hände aus Judiths Schoß und umschlangen sich über Judith hinweg. Dabei waren sie dem Gesicht Judiths so nahe, dass sie beide hätte berühren können –

und tatsächlich drehten sich beide ihr wie auf ein Zeichen hin plötzlich zu und küssten auch sie.

Dann lagen alle drei engumschlungen auf dem Sofa. Nachdem sie sich gegenseitig ein wenig gestreichelt hatten – auch Judiths Busen hatte eine Streicheleinheit abbekommen –, schlug Barbara lapidar, als wäre es das Normalste der Welt, vor: „Warum gehen wir nicht ins Schlafzimmer?"

„Ich bin mir nicht sicher …", begann Judith vorsichtig, doch Barbara unterbrach sie: „Keine Sorge. Es ist okay so. Verstehst du? Vertrau mir!"

Sonja sah Judith interessiert und ein wenig verwundert an, nahm sie dann, als diese aufgestanden war, in den Arm, und engumschlungen gingen sie – Sonja barfuß, Judith in ihren hohen Schuhen mit ihr fast auf Augenhöhe – ins Schlafzimmer. Hier wollte Sonja Judith ihre Sandaletten ausziehen. Doch Barbara schritt ein: „Tut mir leid, das geht nicht."

Sonja sah sie erstaunt an.

Barbara lächelte. „Eine Regel, die ich ihr auferlegt habe. Sie hat bisher nur flache Schuhe getragen, weil sie meinte, dass sie für hohe Schuhe zu groß ist. Nun passen wir die Füße an hohe Schuhe an. Heute Abend hat sie schon eine Erleichterung, denn sie hat nicht einmal ihre wirklich hohen Absätze an."

„Und wie hoch sind die?"

„15 Zentimeter."

„Wouw!" Sonja war sichtlich beeindruckt. „Und warum hast du die jetzt nicht an, kleine Dame, wo es aus medizinischen Gründen doch geradezu geboten wäre?"

„Ja, warum eigentlich nicht?", wandte sich nun auch Barbara an Judith. „Werden wir nachlässig?"

„Nein, ich wusste nur nicht … du hast ‚Mädelsabend' geschrieben, ich wusste nicht, ob ich da in High-heels erscheinen kann. Deshalb habe ich diese Sandaletten angezogen mit nur 10 Zentimetern ..."

"Na, dann stellen wir das doch gleich mal richtig." Damit ging Barbara an den Schrank und holte neue Riemchen-Sandaletten mit tatsächlich 15 Zentimeter hohen Absätzen heraus.

"Setz dich", sagte sie, kniete sich vor Judith hin wie die Verkäuferin in einem Schuhgeschäft und zog ihr erst die 10-cm-Sandaletten aus und dann die mit den 15 Zentimeter hohen Absätzen an. Während sie das tat, nutzte sie die Gelegenheit und berührte mit ihren Händen ausgiebig die Füße und die in den Seidenstrümpfen steckenden Beine Judiths, und diese spürte, wie es sie heiß überlief.

"Gibt es noch weitere Regeln?", wollte Sonja wissen.

"Durchaus. Sie darf sich zum Beispiel nicht selbst befriedigen."

Judith traf es wie ein Blitzschlag.

Sonja schmunzelte. "Eine weise Regel. Noch welche?"

"Nun, wenn sie nicht brav ist, muss sie einen Keuschheitsgürtel tragen."

Sonja, der es sicherlich nicht schnell die Sprache verschlug, schien nun sprachlos zu sein. Sie sah Judith bewundernd an.

"Und morgens muss sie mich mit einem bestimmen Ritual begrüßen.

"Ritual? Das ist spannend. Wie sieht das aus?"

Barbara legte sich auf dem Bett auf den Rücken und spreizte die Beine. "Wir zeigen es dir."

Judith wusste ohnehin nicht mehr, wie ihr geschah. Schon wieder befand sie sich in einer fremden Welt, die ihr gänzlich rätselhaft erschien. So bestieg sie, als Barbara "Komm!" sagte, ebenfalls das Bett und legte sich auf den Bauch zwischen die Beine Barbaras. Aus dieser Perspektive sah sie, dass diese unter ihrem Kleid kein Höschen trug. Stattdessen räkelte sie sich in Vorfreude.

„Na, wenn das nicht ein schöner Anblick ist", sagte Sonja und trat von hinten an das Bett heran. Sie drückte ungeniert Judiths Beine auseinander, so dass der Jeansrock nach oben gedrückt wurde, kniete sich hin und näherte ihren Kopf Judiths Po. Diese wollte protestieren, doch Barbara hielt plötzlich ihren Kopf in ihren Händen, sah sie durchdringend an und flüsterte: „Lass sie!"

Dann drückte sie Judiths Kopf in ihren Schoß, legte sich wieder zurück und genoss die Zunge, die sie zögernd zu verwöhnen begann.

Doch Judith war abgelenkt. Denn inzwischen war Sonja, mit Küssen auf die Innenseiten ihrer Schenkel voranschreitend, bis zu ihrem Po vorgedrungen. Sie spürte, wie Sonja wiederum stockte.

„Ist das auch eine Regel?", hörte sie Sonjas Stimme gedämpft. „Muss die kleine Dame Gummiunterwäsche tragen?"

„Nicht Unterwäsche," antwortete Barbara seufzend, „bisher nur das Höschen. Sie mag es, wenn es feucht und glitschig in ihrem Schritt wird. Und ich mag es, wenn sie nicht ohne weiteres an ihre Grotte kommt."

„Wer mag das nicht", seufzte nun auch Sonja. „Darf ich es ihr ausziehen?"

„Nur zu!", ermunterte Barbara sie, „tu dir keinen Zwang an!"

Damit griff Sonja nach dem Höschen, legte aber zunächst ihre Hand über Judiths Pospalte, drückte und knetete ein wenig, wanderte dann, während Judith sich auf ihre Aufgabe in Barbaras Schoß zu konzentrieren versuchte, in Richtung ihres Analausgangs. Hier stieß sie unweigerlich auf den Analplug, der sich als hartes Hindernis durch das weiche Gummi spüren ließ.

„Ich werd' verrückt", stieß sie hervor, „das wird ja immer toller hier! So eine kleine Bettmaus hätte ich aber auch gerne. Du bist ja eine richtige kleine Sexsklavin, was?", lachte sie und schlug ihr ein paarmal klatschend auf den in Gummi gehüllten Hintern.

Dann setzte sie ihre Erkundungstour fort, fuhr mit der Hand an der Poritze weiter hinab, umrundete den Südpol und fuhr in Judiths Schoß wieder nach Norden. Und schon wieder stockte sie.

„Das kann ..."

Ihre Hand fuhr weiter hinauf, bekam erst die Hoden, dann den Schwanz, den Judith wieder nach oben gelegt hatte, durch das warme Latex zu spüren.

„Hey! Was ... Ihr seid ja ... das ist ..." Jetzt war Sonja ganz *wirklich* sprachlos, was ihr augenscheinlich nicht eben häufig geschah. „Das ist ja ...", stieß sie noch einmal hervor und presste ihre Hand fester auf den Schwanz. Dann nahm sie beide Hände, zog Judith mit einem Schwung das Gummihöschen herunter und drehte sie mit einer einzigen, kräftigen Bewegung auf ihren Rücken, so dass Judiths Hinterkopf in Barbaras Schoß zu liegen kam. Dann starrte sie den sauber rasierten, etwas feucht schimmernden Schwanz an, der sich sofort langsam aufzurichten begann. Schließlich blickte sie Judith lange ins Gesicht und auf den Busen, und dann sah sie Barbara an.

„Was hast du," fragte diese, „hat es dir die Sprache verschlagen? Ich sagte doch, dass sie mein kleines Sex-Spielzeug ist, oder nicht? Hast du mir etwa nicht geglaubt?"

„Also, jedenfalls nicht *so*", erwiderte Sonja, die sich offenbar nur langsam erholte. „Du hast immer von ‚ihr' gesprochen, sagst ‚sie'. Judith, deine Freundin. Dabei ist es doch ... Deine kleine Bettmaus, deine Judith, ist ein ‚Er'! Ist das dein Ehemann? Ein Mädchen mit einem Schwanz, ein Schwanzmädchen! Mit einem wunderbaren, vollen Busen, aber auch mit einem beeindruckenden, offenbar voll funktionstüchtigen Spielzeug zwischen seinen ... mein Gott, das sind richtige Mädchenschenkel, und dazwischen ... Das ist wahrhaftig das Geilste, das ich jemals gesehen habe!"

Judith war in der Zwischenzeit zur Salzsäule erstarrt. Sie hatte keine Ahnung, was nun passieren würde, andererseits vertraute sie Barbara und das hieß: wirklich schlimm konnte es eigentlich nicht werden.

Langsam versuchte sie, ihr Höschen wieder zu erwischen und es nach oben zu ziehen. Da aber schritt Sonja ein.

„Nein, mein Lieber, daraus wird aber nichts!" Sie griff ihrerseits nach dem Höschen und zog es Judith über die Füße, ließ es hinter dem Bett auf den Boden fallen. Dann griff sie sich an das eigene Top, zog es über ihren Kopf, stand auf, streifte ihre Hose ab und mit ihr gleich auch ihr eigenes Höschen. Sie trug nur noch einen Sport-BH, den sie jedoch nicht anrührte. So kam sie auf's Bett zurück. Sie näherte sich mit ihrem Kopf Judiths Schwanz und sah kurz Barbara an. Als diese nickte, nahm sie ihn in den Mund und leckte und lutschte daran mit einer Inbrunst, die Judith überraschte.

Barbara sah dem Spiel einen Moment lang zu, dann seufzte sie, erhob sich auf ihre Knie, spreizte diese und kroch in dieser Haltung so auf Judith zu, dass sie sich bequem auf deren Gesicht hätte setzen können. „Komm," sagte sie, „verwöhn' mich", und ließ sich so weit nieder, dass Judith, die weiterhin auf dem Rücken lag, mit dem Mund ihre feuchten Schamlippen erreichen und mit der Zunge zwischen sie vordringen konnte. Barbara begann wohlig zu stöhnen.

Währenddessen war Judiths Schwanz in Sonjas Mund ganz hart geworden. Die Frau mit der Löwenmähne leckte noch einige Male mit breiter Zunge über die Eichel, bis sie sich davon überzeugt hatte, dass er so hart war, wie er nur sein konnte. Dann hockte sie sich ebenfalls über Judith, ihr Gesicht dem Barbaras zugewandt, und führte langsam und genießerisch den steifen Stab in ihre warme, feuchte Muschi ein.

Judith wurde es heiß und heißer. Sonjas Grotte fühlte sich wunderbar an, nicht zu weit und nicht zu eng. Das ‚Schwanzmädchen' begann vorsichtig, ihren Schoß zu bewegen und spürte, wie ihr die Bewegungen Sonjas entgegenkamen. Zugleich leckte sie weiter Barbaras Scham und roch und spürte, wie diese langsam immer mehr in Stimmung kam. Ohne es sehen zu können, nur durch die Verlagerung der Körper spürte sie, dass sich die beiden Frauen über ihrem eigenen Körper einander zuneigten und begannen, sich leidenschaftlich zu küssen und sich gegenseitig an ihren Brüsten zu streicheln. Judith hob ihre Arme und umfasste mit ihren Händen Barbaras Po, der sich weich, warm und füllig anfühlte. Sonja bewegte sich immer schneller und auch Barbara stöhnte, als wäre sie kurz vor dem Orgasmus. Judith verstärkte das Spiel ihrer Zunge, nahm Barbaras Hintern fester in ihre Hände und spürte, wie sie kurz vor der Entladung war. Da hörte sie Sonja, deren Hand sie schon eine ganze Zeit gespürt hatte, wie sie sich selbst streichelte, wie sie unkontrolliert zu stöhnen begann. Ihr Schoß über Judiths Schwanz verkrampfte sich, erstarrte, begann im Krampf zu zittern. Dies war für Judiths Schwanz das erwartete Signal und er pumpte und pumpte in einer Intensität, die auch Judith zum Stöhnen veranlasste, während gleichzeitig auch Barbara, die sich ebenfalls schon seit einiger Zeit selbst streichelte, kam und Judiths Gesicht mit ihrem Liebessaft benässte. Judith reagierte darauf mit einem finalen Stoß, mit dem sie Sonja ihr Glied bis zum Anschlag in deren Körper rammte, so dass diese erneut aufstöhnte und die krampfhafte Starre erneuert wurde.

Langsam kam Judith wieder zu Atem, während sowohl Barbaras als auch Sonjas Körper noch längere Zeit von unkontrollierten Zuckungen erfasst wurden. Sie stöhnten und seufzten, wurden dann allmählich stiller und ruhiger und blieben schließlich kerzengerade über Judith sitzen. Nach einiger Zeit rutschte Barbara von Judiths Gesicht und legte sich neben sie auf's Bett. Sonja verweilte noch länger in ihrer Stellung, bis schließlich auch sie sich neben Judith auf dem Bett ausstreckte. So lagen sie da, bis Sonja nach geraumer Zeit mit leicht belegter Stimme flüsterte: „Also, wer hätte das gedacht?!"

„Es ist eben nicht alles, wie es zu sein scheint", ergänzte Barbara und schmunzelte behaglich.

Wieder folgte eine Pause. Dann fragte Sonja: „Leihst du mir deine Sexsklavin mal aus?"

„Also, jetzt kann ich es ja sagen: Sie ist nicht meine Sexsklavin. Es ist eigentlich ein Experiment, das wir gerade machen, in das Judith nicht einmal ganz freiwillig hineingeschlittert ist. Wir probieren etwas aus – aber von ‚Sklavin' kann keine Rede sein."

„Nicht?!?' Sonja drehte sich auf die Seite und stützte ihren Kopf auf ihre Hand, so dass sie über Judith hinweg Barbara ansehen konnte. „Aber das machte doch ganz den Eindruck."

Nun war es Judith, die entgegnete: „Ich kenne all dies noch nicht. Für mich ist alles völlig neu, die Welt der Frauen, meine ich. Und deswegen sagt mir Barbara, wie das geht, was ich in der Rolle als Frau zu tun habe und vor allem *wie* ich es zu tun habe. Wie sollte ich das sonst lernen?"

„Aber warum willst du es denn überhaupt lernen?"

„Wie gesagt, es war eigentlich eher Barbaras Idee. Weil sie das aber nicht nur gesagt, sondern mir zugleich eine kleine Pistole an die Brust gesetzt hat, habe ich das getan."

„Wouw! Respekt! Das finde ich toll! Da will ich ja fast hoffen, dass dieses Experiment noch eine Zeit weitergehen wird. Und dass ich dich trotzdem mal ausleihen darf. – Wie lange soll das Experiment denn noch gehen?"

„Das wissen wir noch nicht. Eigentlich haben wir diese Woche ins Auge genommen. Wenn das Wochenende vorbei ist, ist es vorbei."

„Ach, ja?", schaltete sich nun Barbara ein. „In Wirklichkeit ist es so, dass Judith in den fünf Tagen, in denen sie nun Judith ist, schon so viele selbstgesetzte Grenzen überschritten hat, dass es noch nicht wirklich absehbar ist, was aus *dieser* Grenze wird."

„Stimmt das?", wandte sich Sonja wieder an Judith.

„Ja, da hat Barbara schon recht. Noch vor ein paar Tagen hätte ich viele Dinge schlicht für absurd gehalten, die ich in diesen fünf Tagen inzwischen selbst getan habe. Das fing mit dem Rasieren und Fingernägellackieren an und ging über einiges andere bis dahin, dass ich mir heute Ohrlöcher habe stechen lassen. Das hätte ich noch vor zwei oder drei Tagen für absolut undenkbar gehalten. Jetzt habe ich es getan. Warum auch immer."

„Dann ist ja fast zu fragen, welche Grenzen denn noch bleiben."

„Ja, diese Frage stellt sich. Wer weiß, vielleicht stellt mich Barbara demnächst in Leder-Fetisch-Kleidung auf den Straßenstrich und ich muss unsere Brötchen in langen Overknee-Stiefeln verdienen." Judith lachte leise.

„Oder ich schicke dich zum Chirurgen," fantasierte nun auch Barbara amüsiert, „der dir die unteren Rippen entfernt und dir dann ein Korsett anpasst, in dem du nur noch einen Taillenumfang von 25 Zentimetern hast, bevor ich dich über das Internet als bizarre Sexsklavin in Ballet-Heels vermarkte, die zu absolut allem bereit und vor allem nicht in der Lage ist, sich zu wehren."

Judith wurde es ein wenig unbehaglich. „Tatsächlich wissen wir ja gar nicht, welches denn eigentlich die ‚letzten' Grenzen sind. Vielleicht sind sie erst dann erreicht, wenn es wirklich an irreversible, körperliche Veränderungen geht. Wenn ich zum Beispiel beginnen soll, die Pille zu nehmen und weibliche Hormone zu entwickeln oder mir in Thailand Busen anpassen lassen soll, oder so. Aber ehrlich gesagt, will ich das gar nicht so genau wissen. Barbara hat mich Schritt für Schritt durch diesen Parcours hindurchgeleitet, sie wird es hoffentlich auch weiter tun und mich immer genau mit *der* Grenze konfrontieren, die ich als nächste überschreiten oder vor der ich haltmachen kann."

„Vielleicht willst du ja sogar *ganz* zur Frau werden."

„Nein, das glaube ich nicht. Dafür ist mir, ehrlich gesagt, das Leben einer Frau viel zu aufwändig. Das ewige Rasieren, Schminken, auch manchmal die Hilflosigkeit, die Gebundenheit. Und dann dieses ständige die-eigene-Haut-zu-Markte-Tragen, das Überall-beobachtet-und-taxiert-Werden. Als Mann war ich häufig froh, einfach nicht beachtet zu werden – gibt es das bei einer Frau auch? Als Frau werde ich einfach auch anders behandelt, weniger ernstgenommen, zum Beispiel."

„Hast du das schon erlebt?"

„Noch nicht wirklich. Ich bin ja noch nicht so häufig draußen gewesen."

„Wieso nicht? Du siehst absolut hinreißend aus und wirklich glaubwürdig. Ich meine, was soll ich sagen: Ich habe es erst gemerkt, als ich dir buchstäblich unter deinen Rock gekrochen bin. Und selbst da hatte ich noch eine ziemlich lange Leine, oder nicht? Nein, du brauchst dich wirklich nicht zu verstecken. Und, nebenbei gesagt, auf dem Straßenstrich würdest du wahrscheinlich schnell zum Millionär – sorry, zur Millionärin!"

„Das ist nett, dass du das sagst. Vielleicht werde ich irgendwann ja etwas mutiger sein, wenn ich auch nicht gleich den Straßenstrich anpeilen werde. Im Übrigen ist diese Entdeckungstour durch die Welt der Weiblichkeit höchst spannend. Ich weiß nicht, wann ich zum letzten Mal etwas so Spannendes, etwas so Abenteuerliches erlebt habe. Und wann ich zuletzt so guten Sex hatte", fügte sie süffisant lächelnd hinzu und strahlte Barbara an.

„Nun, dann hoffe ich, dass ich noch oft dabei sein darf, wenn ihr weiter auf Eure abenteuerlichen Entdeckungstouren geht", sagte Sonja und streichelte sanft über die Beule in Judiths Latexhöschen, das inzwischen wieder an Ort und Stelle saß.

Kapitel 7
Goldene und silberne Drachen

Am Morgen des nächsten Tags stand Judith schon etwas vor Barbara auf, duschte und schminkte sich, zog ein schönes Kleid mit schmaler Taille und schwingendem Rock an, dazu eine hautfarbene, zarte Strumpfhose und klassische, geschlossene Pumps mit einem 12 Zentimeter hohen Absatz. Dann band sie sich ihre weiße, frisch gebügelte Schürze um und machte Kaffee. Schließlich deckte sie den Frühstückstisch und holte die Zeitung aus dem Briefkasten unten im Hausflur, wobei sie sich ein wenig wie eine Dienstbotin vorkam, die die Hausarbeit für die ‚Herrschaft' verrichtete.

Kurz darauf kam auch Barbara aus dem Schlafzimmer an den Frühstückstisch. Nachdem sie einen Blick in die Zeitung geworfen hatte, sah sie Judith erwartungsvoll an.

„Was steht denn heute für deine Bikini-Zone auf dem Programm?"

„Wie meinst du das?"

„Nun: Keuschheitsgürtel, Tampon, Analplug, Latexhöschen – oder gar nichts? Kein Höschen? Natur pur?"

„Tja, *du* bist die Lehrerin. Sag du's mir."

Barbara musterte Judith kritisch. „Dieses Outfit ist echt gut. Was wir in diesem Kaufhaus und auf den Rat der netten Verkäuferin gekauft haben, ist wirklich alles sehr schön, auch bei Licht betrachtet. Was hältst du davon, wenn wir das mit dem Abendkleid angehen?"

„Abendkleid? Das finde ich toll. Aber einmal ganz davon abgesehen, ob ich wirklich ein schulterfreies

Kleid tragen kann: *Wann* sollte ich es denn tragen? Wir haben doch gar keine Möglichkeit dazu."

„Dann müssen wir sie uns eben schaffen!"

„Und wie tun wir das?"

„Oh, da gibt es wirklich viele Möglichkeiten. Wir könnten selbst ein festliches Abendessen veranstalten. Dazu könnten wir uns sogar Gäste einladen. Sonja zum Beispiel. Dresscode: Abendgarderobe. Vielleicht kommt Sonja ja im Smoking, und vielleicht bringt sie noch jemanden mit. Oder wir könnten vornehm Essen gehen, in einem großen, teuren Restaurant. Wir könnten auch in ein Konzert gehen oder in die Oper. Da ist man heute zwar schnell overdressed, andererseits kann man bei einem klassischen Konzert inzwischen wirklich alles tragen, und wir könnten dabei sogar etwas Aufsehen erregen: eine Frau wie du, groß, schlank, attraktiv, in einem betörenden Abendkleid in der Oper ..."

„... eine zweite schöne Frau an ihrer Seite ..."

„... zwei schöne Frauen also in betörenden Abendkleidern in der Oper ..."

„Tja, leider halte ich das alles für nicht besonders realistisch, ehrlich gesagt."

„Ach ja? Und hättest du vor ein paar Tagen das für realistisch gehalten, was ich jetzt gerade vor meinen Augen habe? Ein ‚Schwanzmädchen' an meinem Frühstückstisch, das mir den Kaffee serviert und die Zeitung holt? Nein, lass mich nur machen. Wir werden schon einen Anlass finden. Ich möchte einfach gern ein Abendkleid für dich kaufen. Und das könnten wir heute Nachmittag haben – ich werde mir noch einmal freinehmen. Hab' ohnehin viel zu viele Überstunden."

„Wenn du meinst ..."

„Und ob ich meine! Ein bisschen mehr Enthusiasmus, wenn ich bitten darf! Aber noch ist nicht die Frage deiner Bikini-Zone beantwortet. Warte mal, wie war das noch gleich: war dir der Analplug nicht zu dünn?"

„Na ja, zumindest ..."

„Aha. Gut, dann müssen wir wohl eine Stufe weiter gehen. Moment!"

Barbara stand auf, verließ das Esszimmer in Richtung Schlafzimmer und kam nach einigen Augenblicken mit einer Pappschachtel zurück. Nachdem sie diese auf den Frühstückstisch gestellt und geöffnet hatte, entnahm sie ihr ein Gummihöschen ähnlich dem, das Judith bereits kannte. An diesem jedoch fiel besonders ein kleiner Schlauch mit einer Pumpe sowie ein Latex-Dildo auf, der sehr detailliert die Form eines erigierten Penis samt entsprechender Adern und zurückgezogener Vorhaut nachahmte.

„Was ist denn das?" Judith fühlte sofort wieder Erregung in sich aufsteigen.

„Das, meine Liebe, wirst du, wie ich soeben feierlich beschlossen habe und dir hiermit in aller Form verkünde, den heutigen Tag über tragen – ausgenommen die Zeit, die du im Solarium auf der Sonnenbank verbringst. Sieh mal."

Sie hielt Judith das Höschen entgegen und breitete es dabei aus.

„Dies ist ein Höschen wie deines, aber auf seiner Innenseite ist an der entscheidenden Stelle ein Dildo angebracht. Und um den von seinem Umfang her anpassen zu können, kann man ihn aufpumpen. Ist das nicht genial?"

Judith fand, dass der Dildo schon im unaufgepumpten Zustand sehr groß aussah.

„Um ihn einführen zu können, wirst du ihn wahrscheinlich mit Gleitgel einreiben müssen. Und dann lass dich nicht irritieren, wenn es am Anfang vielleicht etwas unangenehm ist. In Wirklichkeit ist es nur ungewohnt, dein Körper muss sich erst daran gewöhnen. So wie an die hohen Schuhe. Du musst ihm Zeit geben, sich auf die neue Situation einzustellen. Daher wäre es ein Fehler, das Höschen gleich wieder auszuziehen. Du solltest es anbehalten, bis du heute Nachmittag zum Solarium gehst."

„Auch wenn wir zwischendurch Abendkleider probieren?"

„Wieso denn nicht? Da ist doch nun wirklich nichts dabei. Und wenn du ein anderes Höschen und eine Miederhose darüber ziehst, ist ja nichts davon zu sehen. Und das Unterkleid musst du bei der Abendkleider-Anprobe nicht ausziehen. Nein, da besteht absolut keine Gefahr. Probier' es mal aus!"

Judith reizte einerseits der Anblick, andererseits war ihr nicht ganz wohl bei der Vorstellung, damit draußen herumzulaufen, aber Barbara machte nicht den Eindruck, als wenn es einen Verhandlungsspielraum gäbe. Also ging sie ins Bad. Sie hob ihren schönen, schwingenden Rock hoch, zog die Strumpfhose aus – mit diesem Höschen würde sie den ganzen Tag über Stay-ups tragen müssen –, ebenso ihren Slip, und zog vorsichtig das Gummihöschen an ihren Beinen hinauf. Dann holte sie das Gleitgel und behandelte damit vorsichtig den Gummidildo. Irgendwie flößte er ihr Respekt ein. Und er war ganz ohne Zweifel groß! Sie versuchte, die Luft aus ihm hinaus zu drücken, doch war dies kaum möglich. Zweifellos war er so in seinem kleinsten Zustand.

„Okay. Dann los", sagte sie zu sich selbst, ging ein wenig in die Hocke und setzte die künstliche Eichel an ihrem Analloch an. Wie zu erwarten, leistete der Eingang Widerstand. Sie drückte fester und fester, drehte den Dildo etwas und drückte wieder, während sie sich bei alldem zu entspannen versuchte. Langsam ließ er sich für wenige Millimeter hineinschieben, bis zumindest die harte Eichel verschwunden war. Dann aber gab es eine deutlich spürbare Barriere. Judith drückte fester und fester. Sie zog den Dildo vorsichtig noch einmal heraus, trug mehr Gleit-Creme auf, cremte auch ihr Analloch ein, kniete sich nun auf den Boden und setzte den Dildo wieder an. Sie drückte stärker und stärker, fühlte zugleich, wie die ‚Brutalität' dieses Vorgangs sie erregte. Und plötzlich gab ihr Schließmuskel dem Widerstand des Dildos nach und dieser glitt wie gut geölt und mit Kraft gleich bis zur Hälfte hinein. Judith spürte, wie die Wände ihres Darm-Trakts auseinander gedrückt wurden und die künstlichen Adern des Dildos an den Wänden entlangglitten. Sie schwankte zwischen Geilheit und Entsetzen. Aber nach einem kurzen Augenblick des Zögerns und Durchatmens schob sie ihn weiter. Als er fast ganz verschwunden war, richtete sie sich auf und zog das Gummihöschen ganz hoch, so hoch es ging. Dann drückte sie noch einmal auf den Dildo – er schien an irgendetwas im Inneren ihres Unterleibs anzustoßen, saß nun aber offensichtlich genau dort, wo er sitzen sollte. Er füllte Judith nun wirklich vollständig aus. Was genau er im Innern ihres Unterleibs berührte, würde sie, wenn überhaupt, erst mit der Zeit herausfinden. Immerhin aber schmerzte er nicht oder nur in Maßen oder *noch* nicht, es gab keinen Grund, der sie veranlasst hätte, den Dildo gleich wieder herauszuholen, außer der Barriere am Anfang, die weiterhin und anhaltend stark durch den Dildo auseinander gedrückt wurde.

Ganz vorsichtig und mehr aus Neugier drückte Judith auf die Ball-Pumpe. Der Dildo reagierte augenblicklich und drückte stärker gegen die Wände. Judith ließ die Luft schnell wieder ab – das wollte sie noch nicht ausprobieren. Fürs erste war sie froh, dass er saß, wo er saß, ohne größere Schwierigkeiten oder sogar Schmerzen zu machen als die, von denen sie glaubte, dass sie sie ertragen konnte. Denn sie hatte nicht den Eindruck, dass Barbara sich erweichen ließ, nur weil Judith sich beschwerte.

Sie zog noch einmal das Gummihöschen ganz hoch, so dass es perfekt saß wie eine zweite Haut, nahm dann wieder ihr spitzenbesetztes Seidenhöschen und zog es über den Latex-Slip. Schließlich ging sie ins Schlafzimmer hinüber, nahm hautfarbene Stay-ups aus der Schublade, die inzwischen Judiths Wäsche enthielt, und zog sie vorsichtig an. Während aller Bewegungen spürte sie den großen Dildo in ihrem Unterleib und wie ihr Schwanz darauf reagierte. Und nicht nur der Schwanz: Ihr war warm, sie spürte das Blut in ihren Ohren rauschen, konnte verfolgen, wie sich die Erregung in ihrem ganzen Körper verbreitete. Als sie so graziös sie konnte in die Pumps schlüpfte und in den Spiegel sah, war da indessen nichts Verräterisches zu sehen: Niemand hätte erkennen können, was da unter dem Rock saß, der so anmutig und unschuldig hin und her schwang. Nur sie wusste es. Nur sie kannte das bizarre und etwas bedrohliche Geheimnis, von dem sie noch nicht wusste, wohin es führen würde. Und nur sie spürte, was in ihren Adern geschah.

Zurück im Esszimmer, hatte Barbara schon fast den Frühstückstisch abgedeckt, hielt inne, sah Judith ins Gesicht und fragte: „Und?"

„Hm", machte Judith, „mal sehen. Noch geht's."

Barbara lächelte. „Siehst du, alles halb so schlimm! Ich habe es dir gesagt: Gib deinem Körper Zeit, sich daran zu gewöhnen. Du brauchst ein funktionstüchtiges Loch, wobei ‚funktionstüchtig' heißt, dass es eine gewisse Größe hat. Und außerdem" – sie lächelte und ihr Blick wurde verträumt –, ist es nicht geil?"

„Doch", gab Judith zögernd zu, „in gewisser Weise schon."

„Wieso nur in gewisser Weise?"

„Weil es, mal abgesehen davon, dass es wehtut, irgendwie auch beängstigend ist, einen so großen ... Schwanz in sich zu haben, und das ständig, egal wo ich gehe oder stehe."

„Beängstigend?"

„Ja, es hat fast etwas von ... Vergewaltigung."

„Wieso?"

„Weil er fremd ist, der ... der Schwanz von jemand anderem. Und das ist nun nicht mehr einfach nur ein Plugin, sondern ein Schwanz, der zudem ... ziemlich groß ist."

„Hast du ihn denn voll aufgeblasen?"

„Nein, noch überhaupt nicht."

„Aber dann ist er ja noch gar nicht so groß."

„Genau das ist das Beängstigende. Schließlich könnte er ja noch wachsen, und das ganz ohne meine Kontrolle."

„Aber du hast es selbst in der Hand, ihn größer oder kleiner zu machen. Beängstigend wäre es, wenn du zum Beispiel die Pumpe aus der Hand gäbst und sie jemand anderes bedienen würde, beispielsweise über eine Fernsteuerung. Du würdest durch die Straßen laufen und der andere könnte die Pumpe betätigen, wann immer er wollte. Oder wenn du an eine Maschine angeschlossen würdest, die den Dildo automatisch immer mehr aufblast. Darauf hättest du tatsächlich dann keinen Einfluss. Da würdest du geweitet, ob du willst oder nicht und bis die Wände deines Darms reißen. *Das* wäre beängstigend, meine Liebe!"

„Das stimmt schon. Aber irgendwie macht es mir trotzdem Angst. Oder sagen wir: Es ist unheimlich."

„Okay, damit wirst du leben müssen, fürchte ich. Das ist unser nächster Schritt. Da musst du durch. Wie gesagt, auch Frauen müssen manchmal irgendwo ‚durch', ohne dass sie jemand fragt, ob sie das auch wirklich wollen. Und es ist ja nur dieser eine Tag. Vorerst."

„Der ganze Tag?"

„Sicher! Bis zum Solarium. Apropos: Du musst heute den Kleber an deinem Busen erneuern. Vergiss das nicht. Sonst fällt er dir noch irgendwann runter."

„Aber dafür habe ich doch einen BH."

„Woher soll ich das wissen? Vielleicht hast du ja plötzlich Spaß dran, ohne BH rumzulaufen. Weil die Brüste so schön schwingen, oder so. Jede Frau mit einem perfekten Busen kommt irgendwann mal in eine solche Phase. Du allerdings" – Barbara lachte lauf auf – „solltest dafür sorgen, dass du dann genügend Klebstoff dabei hast!

Okay, noch etwas," fuhr sie dann fort, offenbar in Organisier- und Durchführlaune. „Das stört mich schon die ganze Zeit: Deine Augenbrauen. Das war ja nett, was Sonja dir gestern alles gesagt hat, aber dabei hat sie es ganz systematisch vermieden, etwas zu deinen Augenbrauen zu sagen, hast du das bemerkt? Vermutlich hat sie das getan, weil sie nicht wusste, wie weit du wirklich gehen willst. Aber nachdem du nun Ohrlöcher hast, werden wir jetzt auch deine Augenbrauen richtig formen müssen. Das gehört dazu. Daran erkennt man die echte Frau, glaub mir. Jede Transe kann sich einen Rock anziehen, sich die Fingernägel lackieren, die Lippen anmalen und ein bisschen herumspielen. Aber wer gezupfte Augenbrauen hat, der muss es schon richtig ernst meinen. Der will *mehr* als sich nur zu verkleiden. Der geht weiter – *richtig* weit! Komm mal mit!"

Ohne auf Judiths erschrockenes Gesicht und ihr Zögern zu achten, stand Barbara vom Tisch auf und ging ins Bad. Judith folgte ihr langsam und spürte, wie erneut Erregung in ihr aufstieg. Das Wort von der ‚Vergewaltigung' hatte sie selbst erschreckt, weil es trotz allem irgendwie zu dem zu passen schien, was sie gerade erlebte.

Im Bad nahm Barbara eine Pinzette in ihre Hand.

„Setz dich da hin!"

Judith setzte sich und merkte, dass Barbara sie so positionierte, dass sie sich nicht selbst im Spiegel sehen konnte. Sie wollte sich drehen.

„Nicht! Bleib' so sitzen!"

„Aber ich …"

„Bleib' so sitzen!", fuhr Barbara sie überraschend heftig an. Dann fügte sie etwas vorsichtiger hinzu: „Das ist schon in Ordnung so, glaub mir! Sonst fängst du bei jedem Härchen an zu diskutieren. Und das sind *viele* Härchen!"

Sie legte ihre linke Hand auf Judiths Kopf und näherte sich mit der Pinzette der linken Augenbraue. Sie nahm ein Härchen zwischen die Schenkel der Pinzette und zupfte es aus.

„Aua!"

„Mein Gott, das tut nun wirklich nicht weh! Warte erst auf die Epilation!"

„Du sagtest doch, dass die – aua! – in Wirklichkeit gar nicht so weh tut!"

„Richtig, ja. Das habe ich gesagt. Da kannst du mal sehen, wie lächerlich das hier …"

„… Aua!"

„… ist! Das machen alle Frauen, schon die Mädchen, ohne mit der Wimper zu zucken. Also halt still!"

Und sie zupfte unaufhaltsam weiter, Härchen um Härchen, ging dabei aber sehr sorgfältig und sehr genau vor. Nach einiger Zeit, die ihr selbst endlos erschien, wunderte sich Judith, dass sie überhaupt noch Haare über den Augen hatte. Da konnte nicht viel mehr als ein dünner Strich übrig sein. Dann kam ihre andere Augenbraue dran. Inzwischen brannte die linke heftig. Die gleiche Prozedur auch bei der rechten. Härchen um Härchen um Härchen fiel ins Waschbecken und wurde geflissentlich in die Kanalisation befördert, so dass Judith nicht mitzählen konnte. Endlich war das Werk vollbracht.

Barbara hielt Judiths Kopf fest, tunkte ihren rechten Zeigefinger – mit dem schönen, langen, dunkelroten Fingernagel – in ein Töpfchen mit Salbe und trug diese vorsichtig an der Stelle auf, an der einmal Judiths Augenbrauen gewesen sein mussten. Dann war sie auch damit fertig, verrieb die restliche Salbe auf ihren eigenen Händen, tupfte noch eine kleine Stelle ab und betrachtete ihr Werk. Sie schien zufrieden.

„Darf ich jetzt auch mal sehen?", fragte Judith ungeduldig.

„Nur wenn du sitzt – ach, du sitzt ja. Also gut!" Damit drehte sie den Stuhl, so dass Judith sich im Spiegel betrachten konnte.

Es verschlug ihr die Sprache. Von den schwarzen, wohlgeformten, eher androgynen Augenbrauen waren tatsächlich nur dünne Striche geblieben, die nach einer kaum wahrnehmbaren Verdickung von der Nasenwurzel her ganz leicht zur Stirn anstiegen und sich zu den Augenwinkeln hin wieder sanft absenkten. Ein eleganter Bogen, der wunderbar zur Augenform passte und nichts mehr von der unkontrollierten Buschigkeit einer Männer-Augenbraue hatte. Und dieser Bogen schrie geradezu nach Lidschatten, der die Augenhöhlen künstlich vergrößerte und nach noch längeren Wimpern, als Judith sie ohnehin schon hatte, die das Auge in diesen Augenhöhlen zusätzlich verschleierte.

„Wouw!", entfuhr es ihr, obwohl sie darauf gefasst gewesen war, sich zu erregen angesichts der Tatsache, dass sie mit solchen Augenbrauen in absehbarer Zeit nicht ins Männerleben würde zurückkehren können.

„Gefällt es dir?"

„Das ist ... unglaublich."

Diese Augenbrauen wirkten auf sie selbst so verführerisch, so unübertreffbar *weiblich*, dass sie jeden Groll, den sie ohnehin mehr geplant als empfunden hatte, schlichtweg vergaß.

„Willst du mir die Augen nicht noch ein bisschen schminken?"

Barbara hatte den Pinsel schon in der Hand. Sie kam Judiths Bitte mit sichtlicher Genugtuung nach. Anschließend stand Judith längere Zeit verträumt vor dem Spiegel. Welch eine schöne Frau! Das war kaum zu glauben. Wie schade, dass er sie nicht anbaggern und ein bisschen Zeit mit ihr verbringen konnte ...

„Jetzt muss ich aber los!" Barbaras Stimme drang schon aus dem Flur zu ihr. Sie zog sich eben Stiefel und Mantel an, küsste Judith, die aus dem Bad gekommen war, innig auf den Mund, wühlte kurz mit ihrer Zunge um Judiths Zunge herum und flüsterte „Was für eine geile Nacht!". Dann sah sie Judith kurz intensiv an und fügte hinzu: „und was für eine geile, heiße, wunderschöne Frau!" Damit verschwand sie im Hausflur.

Judith setzte sich erst einmal an den Frühstückstisch, nippte an ihrem inzwischen kalten Kaffee und hielt sich immer wieder einen Handspiegel vor die Augen, in dem sie sich verträumt betrachtete. Sollte sie nun doch noch sauer werden? Diese Augenbrauen schienen sie auf einige Zeit, vielleicht auf zwei oder drei Wochen, wenn nicht sogar noch länger, an das Frausein zu binden. So lange, glaubte sie, würde es mindestens dauern, bis man den Augenbrauen die Behandlung durch Barbara nicht mehr auf den ersten Blick ansehen würde. Wollte sie das? Wollte sie so lange in dieser Rolle bleiben, sich jeden Tag die Beine rasieren, sich schminken, einen BH tragen und sich in High heels nicht richtig bewegen können? Andererseits war diese Erfahrung auch umwerfend: Sie hatte sich in eine Frau verwandelt, die – solange sie nicht ins Schwimmbad ging und im Badeanzug oder Bikini in der Öffentlichkeit erschien – wirklich glaubwürdig war. Und bisher hatte jeder Tag neue, aufregende Überraschungen gebracht, die sie, als sie noch Tom war und Hosen trug, nicht für möglich gehalten hätte. Wusste sie denn, wie viel es noch zu entdecken und zu erleben gab?

Nach kurzem Überlegen beschloss Judith, die Situation vorerst ganz einfach zu genießen. Barbara meinte es gut mit ihr, das hatte sie häufig genug unter Beweis gestellt. Zudem machte auch ihr die Situation Spaß, sonst hätte sie sich nicht in dieser Weise in sie hineingestürzt. Und, nebenbei bemerkt, keine von beiden war bisher jemals sexuell so aktiv und befriedigt gewesen wie in den Tagen, seit Tom Röcke und Seidenstrümpfe trug. Fast ständig knisterte die Luft, und die Manege war gewissermaßen erst gerade frei gegeben worden für die Entwicklung von Fantasien, von denen niemand wusste, wohin sie führen würden. Über Grenzen hatte sie bisher allein in jenem Gespräch mit Sonja nachgedacht, in dem sie sich Begriffe wie ‚Straßenstrich' sagen hörte. Schließlich gab es noch ganz andere Bereiche, die für sie bisher völlig unbekanntes Gebiet waren, Dinge, die mit geheimnisvollen Codes benannt wurden, die nur die Eingeweihten verstanden: S/M, LLL, NS, KV, AV, Bondage – in Wirklichkeit hatte sie doch gar keine Ahnung, was es an Verruchtem und an Tabus, die gebrochen werden konnten, noch alles gab.

Ja, tatsächlich: Barbara und sie hatten die Tür im Schrank geöffnet und hatten einen oder zwei Schritte in die Welt ‚hinter dem Schrank' getan. Aber damit war diese Welt noch lange nicht erforscht! Das wäre das gleiche, als wenn Kolumbus nach einem Schritt auf den Strand der Neuen Welt wieder an Bord seiner *Santa Maria* gegangen und nach Hause gesegelt wäre, ohne sich weiter umzuschauen.

Und dabei waren diese Schritte so dermaßen verheißungsvoll gewesen! Und jetzt dies: die Ohrlöcher, die Augenbrauen – demnächst schickte Barbara sie noch zum Friseur, der ihr die Haare in eine weibliche Frisur verwandelt hätte, oder ins Nagelstudio, um ihr die Fingernägel künstlich zu verlängern und mit diesem seltsamen Gel zu verschönern – samt Handpeeling, Handmaske, Nagelhautpflege und Handmassage ... Über ihre Tattoo-Pläne hatte Barbara sich ja noch nicht weiter geäußert, womöglich schlug sie demnächst ein Arschgeweih vor ... und Judith würde das wahrscheinlich so sprachlos machen (und so geil), dass sie sich gar nicht dagegen wehren könnte (und wollte sie es denn?). Oder – was gab es noch an reizvollen Abstrusitäten? – sie schlug ein Permanent Make-up vor, das Judith die Schminkerei ersparen sollte ... nein, so weit würde sie selbstverständlich nicht gehen, schließlich hatte sie nichts davon gesagt, dass Judith dauerhaft Judith sein und sich nie wieder in Tom verwandeln sollte. Aber

Friseur und Nagelstudio: das konnte schon passieren, glaubte Judith. Sie würde sich überlegen müssen, wie sie dann reagierte. – Und irgendwann würde sie auch darüber nachdenken müssen, was denn nun aus Tom würde; und vor allem: *wie* Tom sein würde, wenn er zurückkehrte.

Fürs Erste aber hatte sie diese wunderbaren Augenbrauen. Sie ging ins Bad und schminkte sich noch einmal neu, diesmal mit einer ganz anderen Form des Lidschattens, der die Augenbrauen viel aktiver mit einbezog. Betörend! Judith kam aus der Begeisterung nicht mehr heraus und probierte gleich mehrere Arten der Gestaltung. Tipps dazu holte sie sich aus dem Netz, in dem sie parallel recherchierte – schließlich: woher sollte mann so etwas wissen?

Damit verbrachte sie einen wunderbar aufregenden Vormittag, schließlich trug sie noch immer den Gummislip, die Ballpumpe baumelte immer wieder zwischen ihren Beinen und zugleich tat sie nichts anderes, als mithilfe *sehr* weiblicher Mittel aus sich selbst eine begehrenswerte, schöne Frau zu machen, was ihr dank der Tipps aus dem Netz auch immer besser gelang. Am Ende war sie trotz aller äußerlichen Ruhe dieses Vormittags so aufgeregt, dass das Gummihöschen ordentlich feucht war und sie sich fast mit Gewalt davon zurückhalten musste, sich selbst Befriedigung zu verschaffen. Letzteres aber wollte sie nicht allein. All dies teilte sie mit Barbara, und sie wollte ihr den verdienten Lohn nicht vorenthalten!

Barbara hatte sie für 14 Uhr in die Stadt bestellt. Bis dahin wollte sie in ihrem Büro alles erledigen, was zu erledigen war, um dann den Rest des Tages freinehmen und mit Judith ein Abendkleid kaufen zu können. Gehörten dazu nicht auch Schuhe? Ein Mantel, eine Handtasche, Handschuhe, Parfum? Schmuck? Judith war sich nicht ganz klar über den Umfang dessen, was Barbara sich eigentlich vorgestellt hatte. Schließlich wusste sie ebenso wenig, was eigentlich zur vollständigen Abendgarderobe einer Frau dazugehörte. Wie sah es beispielsweise mit Dessous aus? Wählte eine Frau jedes Mal, wenn sie ein Abendkleid trug, auch entsprechende Dessous aus?

Judith schminkte sich wieder ab und legte ein neues, diesmal dezenteres Make-up auf, das tagestauglich war und nicht gleich die Blicke auf die gezupften Augenbrauen zog – schade eigentlich, dachte sie. Dann widmete sie sich kurz ihren Silikon-Brüsten, deren Kleber sie erneuerte – noch einmal 72 Stunden –, was überraschend unproblematisch war, da sich die Brüste im BH schon von allein gelöst hatten; sie brauchte die Klebestellen nur zu reinigen, neuen Kleber aufzutragen, die Brüste wieder anzudrücken und die Übergänge kurz nachzuschminken. Als alles wieder dort war, wohin es gehörte, zog sie etwas an, das sie schon lange hatte anziehen wollen: eine helle, fast weiße Reithose mit entsprechenden Lederapplikationen am Po und an den Innenseiten der Schenkel, dazu ihre Lieblingsstiefel, die schön eng an ihren Waden anlagen und durchaus als stilvolle Reitstiefel hätten durchgehen können, sowie ein passendes, stark tailliertes, kariertes Jackett mit Lederflicken an den Ellenbogen, das aussah wie ein britisches Reitjackett. Nur das Pferd fehlte ihr jetzt noch – „aber ich *werde* ja eher geritten, ich selbst bin das Reittier", schmunzelte sie, „vielleicht sollte ich mir einen Halfter, Zügel und eine Trense kaufen, damit ich besser zu führen bin." Es sollte ja Leute geben, die sich einen Dildo in den Hintern steckten mit einem Pferdeschwanz daran, der dann herausschaute und beim Gehen lustig hüpfte ...

Als sie sich kritisch im Spiegel prüfte und feststellte, dass es praktisch nichts auszusetzen gab – außer dass sie für ihren Geschmack nicht eng genug geschnürt war –, überprüfte sie noch einmal den Sitz des Gummihöschens und der Ballpumpe, die sie sich dank des verhältnismäßig langen Schlauchs in die Tasche stecken konnte, zog ihren Mantel an und legte das Tuch um. Dann nahm sie die Handtasche mit allen notwendigen Utensilien wie Lippenstift, Wimperntusche, Mascara-Stift, Tampons, Slipeinlagen, Tempotaschentüchern, Handy und Geldbörse (keine Kondome!) und verließ die Wohnung, diesmal nicht fluchtartig, sondern mit einer gewissen Selbstverständlichkeit. Wer hätte in dieser betörenden Frau in Reithosen und Reitstiefeln, mit Ohrlöchern und gezupften Augenbrauen den Tom erkennen sollen, der ‚auch' hier wohnte! Das hätte schon ein Hellseher sein müssen.

Als sie sich am vereinbarten Ort vor dem Kaufhaus trafen, betrachtete Barbara zunächst ihr Werk. Vorsichtig fragte sie dann: „Und? Wie geht es dir damit."

„Sehr gut", antwortete Judith wahrheitsgemäß. „Irgendwann wachsen sie ja wieder nach. Aber für den Moment sehen sie toll aus und eröffnen mir eine ganze Reihe von wunderbaren Möglichkeiten, glaube ich."

„Das würde ich auch so sehen. Was machen deine Ohrlöcher? Bewegst du auch schön die Stecker?"

„Ich fürchte, ich fummle sowieso ständig an ihnen herum, weil ich noch immer nicht recht glauben kann, dass ich sie wirklich habe."

„Gut! Je mehr du sie bewegst, desto weniger besteht die Gefahr von irgendwelchen Komplikationen. Und das wichtigste?"

„Das wichtigste?"

„Na, gibt es Komplikationen in deinem Höschen?"

„Ach so." Obwohl niemand sie hören konnte, senkte Judith instinktiv die Stimme. „Nein, auch da keine Komplikationen. Langsam gewöhnt sich mein Körper an seine Größe."

„Hast du ihn schon ein bisschen aufgepumpt?"

„Bist du verrückt? Dann würde ich da alles zerreißen, und das Ganze würde in einem Blutbad enden."

„Na, das wollen wir ja auch nicht. Trotzdem solltest du aber zur Sicherheit Slipeinlagen tragen."

„Im Gummihöschen?" Jetzt hauchte Judith nur noch.

„Ach so, ja, stimmt. Nein, das macht wohl wenig Sinn, fürchte ich. Und der Dingsda in deinem Dingsda ist ja auch Demütigung genug, nicht wahr?"

„Das finde ich auch."

„Vor allem wenn du dich gleich bei der Anprobe ausziehen musst."

„Na, ganz muss ich mich ja wohl nicht ausziehen."

„Aber bis aufs Höschen. Wie ich sehe, hast du dich ja gegen die Möglichkeit entschieden, dein Höschen unter einem Unterkleid zu verbergen. Dass bei der Anprobe dein Höschen sichtbar sein wird, müsste dir aber eigentlich klar gewesen sein."

„Was?" Judith fiel aus allen Wolken. „Nein, das war es nicht!"

„Na, dann steckst du jetzt ein bisschen in der Scheiße."

„Dann muss ich eben kurz noch ein Unterkleid kaufen!"

„Und es unter deiner Reithose tragen?"

„Stimmt. Also dann ... dann kaufe ich ein anderes Höschen, das ich über das Gummihöschen ziehe."

„Das müsste dann aber schon eine ordentlich ausladende Miederhose sein, so eine Großmutter-Miederhose, damit das Gummihöschen wirklich vollkommen verborgen wird, oder nicht?"

„Dann kaufen wir eben eine ... ein ..."

„Warte! Wir könnten auch ... komm mal mit!"

Damit wandte sich Barbara um, betrat das Kaufhaus und fuhr mit Judith in die Unterwäsche-Abteilung hinauf. Dort ging sie mit laut klackernden Absätzen selbstbewusst durch die Reihen, bis sie zwischen vielen unterschiedlichen Wäschestücken stand, die unter einem Schild mit der geheimnisvollen Aufschrift „Bodyshaping" eine ganze Reihe von Regelbrettern füllten.

„Hier, sieh mal", sagte sie, „es gibt Miederhosen, die sehr viel weiter gehen und mehr können als deine! ‚Richtige' Frauen formen nämlich nicht selten ebenso an ihrem Körper herum, wie ‚vorübergehende' Frauen. Da gibt es Miederbodys, sogar Miederslips mit Bauch-weg-Verlängerung, siehst du: eine Verlängerung nach oben, stäbchenverstärkt! Und da, das suchte ich: ein Mieder-Radler! Das heißt wirklich so! Und hat nichts mit einem Radler zu tun, den du ja ohnehin nicht trinkst – besser gesagt: den Tom nicht trinkt! *Dieser* Radler ist wie eine zweite Haut, die deinen Körper formt, von den Oberschenkeln nahtlos bis zum Bauch. Dass damit das Pinkeln extrem aufwändig wird, schreiben sie hier natürlich nicht dazu. Aber du urinierst ja sowieso nicht mehr im Stehen." Barbara schaute sich im Regal um, bis sie fand, was sie suchte. „Das hier brauchst du: den Mieder-Radler (nicht ‚das'!) Genau das (nein den)! Was meinst du?"

„Sieht so aus, als wenn damit der Gummislip wirklich verschwinden würde. Toll! Das nehmen wir. Und ich ziehe es gleich an."

„Lass es uns lieber erst bezahlen, bevor du es anziehst, sonst musst du dich noch mit deinem süßen Hintern auf den Kassentisch setzen oder, noch schlimmer, die Kassiererin kommt mit ihrem Scanner unter deinen Rock – Verzeihung: in deine Hose!"

„Das hatte ich doch gemeint."

„Okay, Verzeihung. Also los!"

Sie bezahlten, dann zog Judith sich in eine Umkleidekabine zurück und zog den neuen, extrem eng sitzenden Mieder-Radler über das Gummihöschen, in dem es wie immer warm und feucht war und es inzwischen vielleicht sogar schon etwas Platz für einen vorsichtigen Druck auf die Ballpumpe gab.

Mit dem Radler-Mieder war wirklich absolut nichts mehr zu sehen, was Judith als Perversling gebrandmarkt hätte und soweit Judith es beurteilen konnte, war wohl auch nichts zu ahnen. Zudem hatte Judith auch in ihrer Reithose nun einen wirklich runden, flachen Frauen-Schritt ohne auch nur den Hauch einer Beule an einer Stelle, wo sie nicht hingehörte. Die Miederhose wirkte fast wie ein Keuschheitsgürtel, schoss es Judith durch den Kopf.

Als sie die Kabine verließ, musterte Barbara sie kurz und lächelte dann zufrieden. „Na also! Jetzt komm aber, wir sind schon ein bisschen spät dran!"

Zwei Stockwerke weiter oben betraten sie die Abteilung für Abendgarderobe. Kleiderstange neben Kleiderstange, ausschließlich angefüllt mit Abendkleidern. Judith ertappte sich bei dem Gedanken, dass sie hier gern einmal eine Nacht verbracht hätte, in der sie hemmungslos sämtliche Kleider hätte durchprobieren können, die sie wollte.

Die Verkäuferin, die sie bereits am Montag bedient hatte, kam auf sie zu. Sie begrüßten sich, tauschten ein paar Höflichkeiten bezüglich der positiven Erfahrungen mit den gekauften Kleidungsstücken und der Beratung aus, und dann wollte die Verkäuferin Näheres über die Vorstellung der Damen bezüglich des zu kaufenden Abendkleids wissen.

„Soll es eher ein kürzeres, also beispielsweise ein Cocktailkleid sein, oder hatten Sie an ein langes Kleid gedacht?"

Barbara hielt sich vornehm zurück, gab mit einer Handbewegung das Wort an Judith weiter, die überrascht zu stottern begann:

„Also, ja, ich weiß nicht recht. Eigentlich hatten wir, glaube ich, schon an etwas Langes gedacht, oder? Allerdings weiß ich nicht so genau, ob ich ein schulterfreies Kleid tragen kann. Meine Schultern sind ... vielleicht etwas eckig."

Die Verkäuferin bemühte sich weiterhin, Konkreteres zu erfahren, merkte jedoch schnell, dass die Initiative offenbar eher bei Barbara lag, die auch am Montag schon die aktivere Gesprächspartnerin gewesen war. Daher versuchte sie ihre Worte gleichermaßen an beide zu richten.

„Wenn ich das so sagen darf", meinte sie mit einem Blick auf Judiths Figur, „müssen wir ohnehin ein bisschen darauf achten, dass wir mit dem Schnitt des Kleides die weiblichen Rundungen ein wenig mehr herausarbeiten. Sie sind ja in der beneidenswerten Lage, sehr schlank zu sein, auf diese Weise kommen allerdings die Rundungen auch ein wenig zu kurz. Soll das Kleid denn eigentlich eher figurbetont sein oder lieber gerade geschnitten?"

„Ich ... mag es eigentlich wohl eher figurbetont, glaub' ich."

„Und tragen Sie eher leichte Stoffe, die Sie kaum spüren, oder bevorzugen Sie es, vom Schnitt des Kleids geformt zu werden?"

„Ich ... äh ... lass mich ganz gern ein wenig formen vom Schnitt des Kleids."

Nun schaltete sich Barbara doch noch in das Gespräch ein. „Sie würde eigentlich am liebsten ein Schnürkorsett tragen, das sie zu einer wirklich aufrechten Haltung zwingt, während es die Körpervolumina dorthin schiebt, wohin sie gehören."

„Waren Sie denn schon oben bei den Kolleginnen?", hakte die Verkäuferin nach. „Wir haben hier ja eine ganz wunderbare Abteilung, in der Sie jede Form von Korsett, vom schlichten Korsett-Body oder einer Korsage bis hin zum Vollbrust-Schnürkorsett, also eigentlich alles haben können, was Sie haben möchten."

Judiths Augen begannen sich zu weiten. Barbara sah sie an und verstand.

Die Verkäuferin setzte noch nach: „Ich würde Sie, wenn Sie möchten, dorthin begleiten, dann können wir das Korsett vielleicht auch mit Blick auf das Abendkleid anpassen."

„Dafür wären wir Ihnen wirklich sehr dankbar", erwiderte Barbara, „und wenn es Ihre Zeit erlaubt, würden wir das gern auch sofort tun, um anschließend das Abendkleid aussuchen zu können."

„Mit dem größten Vergnügen", sagte die Verkäuferin, „ich sage nur eben Bescheid." Damit ging sie zum nächsten Haustelefon, während Judith und Barbara langsam auf die Rolltreppen zusteuerten.

„Aber wollen wir das wirklich tun?" fragte Judith leise. Barbara hörte die Aufregung in ihrer Stimme. „Ich meine, so ein Korsett, das kauft man doch nicht mal eben. Muss das einem denn nicht angepasst werden? Und ist das nicht unglaublich teuer? Und schnürt das einem nicht die Atemluft ab? Weiß ich denn, ob ich mich in einem solchen Korsett überhaupt bewegen kann? Ich meine, damals, als alle Frauen diese Korsetts trugen – die sind ja ständig in Ohnmacht gefallen, oder nicht?"

„Das mit dem Geld lass mal meine Sorge sein, und bei der Frage nach dem Anpassen lass dich doch einfach überraschen. Ich finde, dass es ganz so aussah, als wenn wir dort ein Korsett kaufen und es dann gleich zur Anprobe mit herunternehmen können, oder nicht? Wahrscheinlich hat die Fertigung von Korsetts in den vergangenen 100 Jahren auch den einen oder anderen Fortschritt gemacht. Vielleicht gibt es ja auch dort so etwas wie Konfektionsgrößen. Was meinst du?"

„Aber – *will* ich das denn auch? Ich meine: wenn schon Korsett, dann auch richtig, und das heißt: dann muss es auch eng geschnürt werden können, *richtig* eng, bis kurz bevor es unangenehm wird, bis ich keine Luft mehr bekomme. Aber will ich das? Mich so in eine Form pressen lassen und mich … versteifen lassen wie eine Schaufensterpuppe?"

„Glaub mir, mein Schatz," entgegnete Barbara genüsslich, „wer deinen Blick gesehen hat, als die Verkäuferin vom Korsett sprach, der weiß: du willst!"

Sie schaute Judith noch einmal intensiv an und fügte, fast zu sich selbst, hinzu: „Oh ja, mein Schatz, das willst du. Du hast nicht ganz freiwillig diesen Weg betreten, aber er scheint dir zunehmend zu gefallen und du willst ihn weitergehen." Und es war fast so etwas wie Überraschung in ihrer Stimme.

An der Rolltreppe holte die Verkäuferin sie wieder ein. „Es ist alles vorbereitet", sagte sie und fuhr mit ihnen zwei Stockwerke höher. Dort war im großen Verkaufsraum an einer Schmalseite dezent ein Bereich abgeteilt, der nicht einsehbar war. Judith war das sehr lieb, es nahm ihr einen kleinen Teil ihrer Angst.

Eine weitere Verkäuferin stand schon bereit, um die Fachberatung zu übernehmen. Zunächst fragte sie nach den Vorstellungen. Als sie hörte, dass beide Damen noch keine Expertinnen zum Thema Korsett waren, trug sie zunächst eine kurze Einführung in die verschiedenen Arten von Korsett oder Korsage vor, die sie untermalte, indem sie entsprechende Beispiele aus ihrer Kollektion vorzeigte. Am Ende stand dann allerdings wieder die Frage nach den Wünschen der Damen. Diesmal übernahm Barbara sofort die Initiative.

„Wir möchten im Fall meiner Freundin gern die Notwendigkeit des Body-formings und des schönen Gefühls des Eingeschnürtseins miteinander verbinden. Wenn ich es richtig verstanden habe, ist dafür wahrscheinlich das Vollbrust-Schnürkorsett die richtige Wahl."

„Das scheint mir auch so", erwiderte die Verkäuferin, „zumal wir in Ihrem Fall" – sie wandte sich Judith zu – „sozusagen ‚auf der ganzen Linie' arbeiten sollten, um jene weiblichen Rundungen noch deutlicher hervorzubringen, die eine Korsettträgerin erst wirklich ausmachen. Ihre Taille ist zwar schon recht schön sichtbar, aber ich bin davon überzeugt, dass wir daran noch eine ganze Menge machen können. Wie sehr möchten Sie denn geschnürt sein?"

Judith wusste nicht recht, was sie sagen sollte. „Ich habe noch keine Erfahrung damit," versuchte sie sich diplomatisch auszudrücken, „kann das also noch nicht wirklich sagen. Aber es sollte schon ... spürbar sein."

Die Verkäuferin verstand. „Gut, dann fangen wir doch einfach mal an."

Zunächst vermaß sie Judith wo immer man messen konnte. An den Schultern, am Busen – Judith wurde rot, weil ihr auffiel, dass sie sich keine Gedanken darüber gemacht hatten, ob den Brüsten unter ihrem Top ihr Silikonanteil eigentlich anzusehen war; fürs erste waren sie jedenfalls noch verborgen. Die Verkäuferin maß ebenso unter dem Busen, in der Taille, an der Hüfte und noch an verschiedenen anderen Stellen. Jede Messung wurde sorgfältig auf einem Blatt Papier notiert, auf dem eine Tabelle bereits vorgedruckt war. Dann ging die Verkäuferin in einen Nebenraum und kam mit einer Art massivem Lederkorsett wieder.

„Erschrecken Sie bitte nicht. Dies dient nur der Orientierung und Vorbereitung. Ich werde Ihnen das jetzt einmal anlegen, um Ihnen die Wirkung zu zeigen, und dann werden wir, wenn es Ihnen recht ist, verschiedenes daran ausprobieren. Unter anderem können wir auch die Schnürung erproben."

Sie stellte sich hinter Judith. „Stehen Sie einfach ganz entspannt da. Ich werde Ihnen das jetzt umlegen. Wenn Sie bitte die Arme etwas anheben würden!"

Das tat Judith, und die Verkäuferin legte ihr das Korsett um. Es passte sich Judiths Busen an, schmiegte sich dann leicht in die Taille ein und kam gewissermaßen auf ihrem verhältnismäßig breiten Hüftknochen zu liegen. An der Vorderseite führte es noch ein Stückchen weiter hinunter in die Leistengegend hinein. Judith spürte, wie es ihr heiß wurde – nicht zuletzt auch im Gummihöschen. Erregung bemächtigte sich ihrer. Die Erregung kam ganz leise, und je mehr das Korsett sie umschloss, umso stärker wurde sie.

Sie spürte, wie die Verkäuferin hinten mit Schnüren hantierte. „Wir haben hier Haken angebracht, so dass es verhältnismäßig einfach ist, dieses Modell zu schnüren oder die Schnürung wieder zu lösen", erläuterte sie währenddessen. „Sie werden es sehen. Ich lege die

Schnürung jetzt erst einmal recht locker an. Gefällt es Ihnen?"

Judith hoffte, dass ihre Stimme ihre Erregung nicht verriet. „Ja, danke, es ist sehr schön."

„Dann würde ich mit Ihnen gemeinsam jetzt gern herausfinden, wie weit wir mit der Schnürung gehen können. Sind Sie einverstanden?"

„Ja, gern." Was würde sie sonst hier tun, dachte Judith ein wenig sarkastisch. So schützte sie sich häufig, wenn sie unsicher war.

„Gut. Dann geht es jetzt los."

Judith spürte, wie langsam von oben nach unten der Zug stärker, das Korsett enger wurde. Noch war es weit davon entfernt, sie wirklich zu bedrängen oder gar atemlos zu machen. Auch formte dies wohl noch keine wirklich schmale Taille. Sie wartete ab.

„Ich denke, wir können noch ein Stück weiter gehen. Was meinen Sie?"

„Das glaube ich auch!", erwiderte Judith und wartete wieder. Erneut wurde die Schnürung ein Stück enger. Jetzt begann das Korsett auf den Hüftknochen zu drücken. Das war ein wenig unangenehm. Auch wurde die Taille nun spürbar zusammengedrückt. Aber im Spiegel war Judith ihre Taille noch entschieden zu umfangreich.

„Der Hüftknochen ist jetzt ein bisschen im Weg", sagte sie, „da wird es etwas unangenehm. In der Taille geht es noch ein Stück weiter, glaube ich."

Sie spürte, wie mit dem Engerwerden der Taille der Busen sanft hochgedrückt wurde. Ein wunderbarer Effekt. – Der Druck auf den Hüftknochen ließ einen Hauch nach, dafür wurde die Taille weiter zusammengepresst. Aber sie wollte noch mehr.

„Machen Sie ruhig noch etwas weiter."

Wieder wurde es enger. Nun spürte Judith, wie das

Korsett die unteren Rippen zusammenzudrücken begann. War so etwas eigentlich gefährlich? Im Spiegel wurde langsam eine recht ansehnliche Taille erkennbar, die sich inzwischen deutlich von der breiteren Hüfte absetzte – eigentlich war sie, vergleichbar mit der Oberweite, schon *wirklich* ansehnlich, musste sie sich selbst zugeben.

„An den Rippen wird es jetzt ein wenig eng. Aber in der Taille selbst ginge es noch weiter."

„Wir können das sehr individuell anpassen", sagte die Verkäuferin und hantierte weiter an den Schnüren.

„Bekommst du denn noch Luft?", fragte Barbara ein wenig besorgt.

„Über Luftmangel kann ich mich noch nicht beklagen", sagte Judith – und spürte, dass sie das auch gar nicht *wollte*. Sie wollte eine schmale Taille und sie wollte eingeschnürt werden, selbst auf Kosten von ein wenig Atemluft.

„Aber das ist schon total eng!", flüsterte Barbara aufgeregt.

„Na, noch halte ich es aus", wisperte Judith zurück.

„Aber sieh doch mal in den Spiegel," beharrte Barbara, „das ist doch Wahnsinn!"

Judith schwieg, sah schweigend in den Spiegel – und wartete. Noch einmal wurde es enger. Doch die Rippen waren nun ein echtes Hindernis, und in der Taille wurde es nun ebenfalls unangenehm.

„Ich glaube, so ist es gut", sagte Judith, „weiter sollten wir nicht gehen."

„Sehr schön!", sagte die Verkäuferin zufrieden. „Sie müssen sich an das Korsett ohnehin erst gewöhnen. Sie werden sehen, dass Sie es nach einigen Wochen, wenn Sie es konsequent tragen, immer ein wenig enger haben wollen. Aus diesem Grund werden wir Ihnen viel Spielraum lassen. Was wir jetzt haben, sind die Rahmendaten. Von denen ausgehend, können Sie das Korsett dann im Laufe der Zeit noch ein ganzes Stück weiter schnüren."

„Konsequent tragen?", fragte Judith überrascht.

„Nun, so ein Korsett, wie Sie es sich ausgesucht haben, ist keines, das man nur einen Abend lang zu einer Party trägt und es dann wieder auszieht. Um das ganze Potential dieses Korsetts auszuschöpfen, ziehen Sie es gewissermaßen nie wieder aus. Wenn Sie wollen, nicht einmal zum Schlafen. Allerdings würde ich Ihnen, wie es viele unserer Kundinnen machen, für die Nacht ein einfacheres Korsett empfehlen, das nicht ganz die Wirkung hat wie dieses, aber auch nicht ganz den Druck wegfallen lässt, den dieses Korsett ausübt."

„Aber ich dachte, es sei nur ..."

Barbara fiel ihr sanft ins Wort. „Aber ist es nicht eine verführerische Vorstellung, dieses Korsett über eine längere Zeit zu tragen? Und eine immer schmalere Taille, immer weiblichere Rundungen zu bekommen?"

„Über eine längere Zeit?"

„Ja, ein paar Tage, ein paar Wochen – ganz wie du willst. Du kannst natürlich auch so ein Gelegenheitskorsett nehmen, oder eine Korsage. Aber darin bist du natürlich nicht so wunderbar eingeschnürt wie in diesem."

Judith schwieg hilflos.

„Du solltest es einfach ausprobieren! Wenn es dir dann nach ein paar Tagen doch nicht gefällt, dann lässt du es eben wieder sein. Aber dann hast du wenigstens den Versuch gemacht." Und sie fügte flüsternd hinzu: „Wie mit den Ohrlöchern und den Augenbrauen."

Judith gab sich einen Ruck. „Gut. Ja, schön, dann machen wir es so."

„Sehr schön", freute sich die Verkäuferin erneut,

„dann haben wir also nun die entsprechenden Maße und die Form des Korsetts. Jetzt können Sie sich ganz auf die Auswahl des Modells und des Stoffes konzentrieren, wir werden das gegebenenfalls entsprechend für Sie anpassen. An welche Art von Stoff haben Sie denn gedacht?"

Judith sah sie fragend an.

„Sie müssen wissen, Sie können von Jeans über Lack und Leder bis hin zu Wildseide, Samt, Satin, reiner Seide und, wenn Sie wollen, auch Baumwolle zwischen sehr unterschiedlichen Stoffen wählen. Das wirkt sich auf den Preis aus, aber vor allem auf den Tragekomfort. Die klassischen Stoffe sind natürlich Seide – auch Wildseide –, Satin und Samt. Die Stoffe können unterschiedlich verarbeitet sein, es können Spitzen daran sein oder auch Federn oder es geht auch ganz ohne dem, einfach und schlicht. Was denken Sie? Was würde Ihnen wohl gefallen?"

Als Judith noch immer nichts sagte, sprang Barbara ihr zu Hilfe: „Meine Freundin ist, wenn ich das so sagen darf, eher ein romantischer Typ. Ich denke, Seide, Satin oder Samt kämen wohl am ehesten in Frage."

Die Verkäuferin nickte, lächelte Judith an, und sagte warm: „Das sind auch meine Favoriten! Einen Augenblick bitte!" und entfernte sich. Kurz darauf kam sie zurück mit drei Kartons in ihrem Arm. Sie stellte sie auf einen nahen Tisch, drehte sich um, sah wiederum Judith, die noch immer in das Korsett-Modell geschnürt war, an und sagte: „Wie geht es Ihnen denn?"

Judith war es warm und sie neigte ein wenig zu ungewohnter Kurzatmigkeit. Aber sie sagte: „Mir geht es gut, danke!"

„Sie müssen wissen," erwiderte die Verkäuferin, „dass die Wirkung des Korsetts erst nach einiger Zeit wirklich zu spüren ist. Für den Anfang kann man die

Luft anhalten und sich darauf freuen, dass es gleich wieder vorbei ist. Aber das ist es ja nicht. Sie müssen es in dem Korsett dauerhaft aushalten, sonst ist es nicht gut."

„Nun ja, ein bisschen kurzatmig bin ich jetzt schon."

„Wie kurzatmig genau?"

„Also, eine Treppe hochrennen geht so sicherlich nicht."

„Und hinunterschreiten?"

„Hinunterschreiten wäre damit ein Vergnügen", sagte Judith verträumt und lächelte.

Auch die Verkäuferin lächelte. „Sehr schön, das hört sich sehr gut an. Dann wollen wir doch einmal schauen."

Sie wendete sich den Kisten zu und entnahm ihnen drei Korsetts. Das eine war aus tiefrotem Samt, der die Stäbchen schimmern ließ. Es hatte vorn Haken und hinten eine großzügige Schnürung. Das zweite war aus leuchtend rotem Satin – „dieses könnten Sie auch in schwarz oder in unschuldigem, bräutlichem Weiß haben" – und wirkte in seiner Schlichtheit elegant und verführerisch. Und das dritte war aus China-Seide gefertigt, wie die Verkäuferin erklärte, und zeigte auf schwarzem Grund silberne und goldene, ineinander verschlungene Drachen- und Pflanzenmuster. Judith war fasziniert. Das war ein Kunstwerk, zugleich die Verführung pur. Sie konnte sich an allen dreien nicht sattsehen.

Die Verkäuferin ließ ihr Zeit. Auch Barbara schaute und staunte. Aber sie bemühte sich, Judith keine Richtung vorzugeben, ihr die Entscheidung ganz selbst zu überlassen. Sie beobachtete sie. Sie hatte in den vergangenen Tagen einen neuen Menschen entdeckt, der sehr weich und verletzlich war, der sich gern ihrer Führung überließ, der ihr vertraute, mehr als er selbst es vor ein paar Tagen noch für möglich gehalten hätte. Und mit diesem Menschen durch's Leben zu gehen – nicht nur durch die Einkaufsmeile – machte sie glücklich. Sie genoss die Innigkeit, mit der sie zusammen waren. Jetzt beispielsweise spürte sie sehr genau, was in der unsicheren Judith vorging. Diese Unsicherheit, die Überraschung angesichts der Entdeckung, dass sie sich zu etwas hingezogen fühlte, was sie noch vor kurzem sicherlich als Schwäche angesehen hätte. Eingeschnürt sein zu wollen, es zu genießen, von allen Seiten umschlossen zu werden. Vielleicht sogar hilflos zu sein. Da taten sich Fragen auf: beispielsweise die nach Bondage, nach Fesselungen. Und solche Fragen mussten Judith noch mehr verunsichern. Zugleich bewunderte Barbara sie: Judith wagte sich in einem kleinen Ruderboot aufs offene Meer, wo es weder Verkehrshinweise noch Wegweiser gab und sie hatte als Kompass und Karte nur sie, Barbara. Judith machte Schritt um Schritt, unsicher und zögernd manchmal, aber sie *tat* diese Schritte. Was sie alles geschafft hatte in diesen vergangenen sechs Tagen! Unglaublich. Ja, sie, Barbara, half ihr und leitete sie – aber wäre sie in Judiths Situation genauso mutig? Dessen war sie sich durchaus nicht sicher. Judith stellte sich gerade ihren geheimsten Wünschen und Träumen, die zum Teil offenbar *so* geheim waren, dass sie selbst sie nicht kannte. Ein Korsett! Barbara wollte gar nicht an ‚Tom' denken, das war im Augenblick so unpassend wie ein Heavy-metal-t-Shirt auf einer sizilianischen Traum-Hochzeit. Barbara konnte zusehen, wie Judith immer tiefer in ihr eigenes Inneres hinabstieg und dort Dinge entdeckte, die sie eigentlich zutiefst verunsichern mussten. Aber das taten sie nicht. Und es war schön zu sehen, dass die Puzzle-Teile, die Judith fand, alle passten! Sie passten zu ihr, sie machten sie vollständiger, sie ergaben ein Bild. Vorher war dieses Bild, wie sie selbst erst jetzt erkannte, unvollständig, eigentlich nicht wirklich zu erkennen gewesen, jetzt ergab alles einen Sinn, dachte Barbara. Wie schön es war, daran Anteil nehmen zu können! Und wie sehr sie diesen Menschen liebte!

Nun drehte Judith sich zu ihr um. „Was meinst denn du?"

Barbara trat neben den Tisch, nahm das rote Satin-Korsett in die Hand und hielt es Judith gegen die Brust. Sie prüfte die Farbe und ihr Spiel mit Judiths Hautfarbe. Dann nahm sie das Samtkorsett, tat dasselbe, prüfte und legte es wieder hin. Schließlich nahm sie das seidene und blickte Judith an. Diese bemühte sich, ihr Strahlen zurückzuhalten, aber es war ihr anzusehen, dass ihre Wahl eigentlich bereits gefallen war.

„Ich finde, dass dir dieses am besten steht", sagte Barbara.

„Ha!", machte Judith erleichtert, „das finde ich auch. Und es gefällt mir auch einfach. Es ist ... wirklich wunderschön, finde ich. Ein Kunstwerk!"

Die beiden Verkäuferinnen hatten sich ganz zurückgehalten, während die Entscheidung fiel. Nun sagte die Fachverkäuferin: „Das ist sicher eine hervorragende Wahl. Ich persönlich glaube, dass dies das schönste Korsett ist, das wir Ihnen anzubieten haben. Aber selbstverständlich ist das auch immer eine Geschmackssache."

Die notwendigen Formalitäten waren schnell erledigt. Tatsächlich hatte das Korsett genau die Größe, die Judith benötigte, so dass sie es gleich mitnehmen konnte in die Abteilung mit der Abendmode. Dort angekommen, stellte sich nun die Frage nach einem Kleid.

Judith sagte euphorisch: „Im optimalen Fall würde das Kleid vom Stil her zu dem Korsett passen. Es müsste sozusagen so sein wie das Korsett!"

„Gut", nahm die Verkäuferin den Faden auf. „Das hieße, es müsste eine sehr figurbetonte Passform haben, also im Brust und Taillenbereich so eng geschnitten sein, dass es sich dem Korsett eng anschmiegt, und hätte im Rockteil dann eine farbliche Entsprechung, wobei ich eher für einen schmalen Rock plädieren würde.

Was würden Sie übrigens davon halten, wenn Sie das Korsett jetzt schon anziehen, damit die Anprobe wirklich richtig funktioniert? Ich hole gern unsere Schneiderin hinzu, die dann gleich die Maße nehmen könnte, falls an dem Kleid etwas geändert werden müsste. So könnte das Kleid morgen bereits fertig sein."

Judith wollte begeistert zustimmen, doch dann traf es sie wie ein kleiner Schock und sie wurde rot. Auch Barbara hielt sich zurück. „Ich glaube, das wäre uns gerade nicht so recht, wissen Sie? Wir haben heute noch einiges vor und ..."

Die Verkäuferin räusperte sich ein wenig umständlich und unterbrach sie höflich. „Lassen Sie es mich einmal so formulieren: Es ist mir eine wirklich große Freude, zu sehen, wie Ihre junge Freundin sich eine neue Garderobe zulegt, und es ist für mich eine echte Herausforderung, ihr und Ihnen dabei zu helfen. Denn der Schritt, den Ihre Freundin da tut, ist, wie ich sehr gut weiß, alles andere als selbstverständlich. Er ist schwierig, sogar riskant, und man ist auf Hilfe, wenn möglich professionelle, angewiesen. Ich würde Ihnen sehr gern diese Hilfe sein, verstehen Sie?"

„Sie wissen ...?"

„Ich weiß. Es sind nur ganz kleine Zeichen, aber der Profi sieht sie, wenn er genau und vor allem unvoreingenommen hinsieht, glauben Sie mir. Ich würde mich freuen, wenn Sie meine Hilfe annehmen würden!"

„Seit wann …?"

„Von Anbeginn an. Keine Frau in Ihrem Alter", dabei sah sie Judith wohlwollend an, „hat noch niemals ein Etuikleid angehabt oder kennt ihre Brustgröße nicht."

Nun war auch Barbara sprachlos, erholte sich aber schnell. „Das ist sehr freundlich von Ihnen. Und wenn es so ist …" Sie sah Judith an. „Was meinst du?"

Judith wunderte sich. Ihr war die Situation *nicht peinlich*! Diese Frau war so freundlich, so verständnisvoll! Kein Anflug von Verurteilung, keine Missbilligung. Eigentlich hätte sie Abscheu erwartet, stattdessen spürte sie Wohlwollen und Verständnis, fast so etwas wie Zuneigung. Die ohnehin gerade rührselige, euphorische Judith wäre vielleicht noch zu ganz anderem bereit gewesen. Und für den Schritt, der ihr nun bevorstand, schien diese Frau genau die richtige zu sein.

„Gut", sagte sie leise, „tun wir's." Sie seufzte. „Tun wir's, wie wir alles getan haben, was wir getan haben. Schnüren wir mich ein."

Die Verkäuferin führte sie in eine besonders geräumige Umkleidekabine und bat Judith, bis auf den BH alles oberhalb ihres Höschens auszuziehen.

„Und bitte", fügte sie hinzu, „genieren Sie sich nicht – für nichts! Das haben Sie wirklich nicht nötig!"

Judith genierte sich dennoch, aber sie versuchte dies nicht zu zeigen. Als sie ihr Top auszog, waren die Silikon-Brüste gut zu sehen. Die Verkäuferin sah sie kurz an. „Da haben Sie aber wunderschöne Brüste", sagte sie anerkennend, „und auch die Größe passt sehr gut zu Ihnen."

Nun musste sich Judith aufrecht hinstellen. Die Verkäuferin packte das Korsett aus, entfernte einige Schilder und Nadeln und trat dann mit ihm an Judith heran.

„Stehen Sie bitte ganz aufrecht, aber auch ganz entspannt. Ich werde es Ihnen jetzt anlegen."

Damit legte sie das Korsett, das vorne fünf Haken hatte, um Judiths Oberkörper und fädelte die Schnürung am Rückenteil ein. Das dauerte einige Zeit, in der die Verkäuferin mit Barbara über das wunderbare Korsett plauderte, dessen weiches Futter sich sanft auf Judiths Haut anfühlte. Als sie fertig war, zog sie die Schnürung leicht an, so dass sich das Korsett an Judiths Körper anschmiegte.

„Wenn Sie jetzt bitte Ihren BH ausziehen."

Judith löste den Verschluss und nahm den BH ab, während sie mit einer Hand ihre Brüste zu halten versuchte.

„Keine Sorge", sagte die Verkäuferin, „sie werden durch die Körbchen des Korsetts nicht nur gehalten, sondern sogar ein wenig nach oben und in die richtige Position gedrückt werden. Sie werden sehen, sie bekommen ein wirklich traumhaftes Dekolletee."

Damit begann sie, die Schnürung fester zu ziehen. Tatsächlich merkte Judith, wie sich die Brüste in die Körbchen schmiegten, als würde alles von einer zweiten Haut überzogen und zusammengefasst. Sie ließ die Brüste los und breitete unbewusst mit einer gezierten, weiblichen Geste ihre Arme ein wenig aus. Die Verkäuferin und Barbara lächelten.

Noch bevor Judith eine Bedrängung fühlte, hielt die Verkäuferin inne. „Ich denke, wir sollten an dieser Stelle nicht weiter gehen. Wenn Sie das Korsett einige Stunden getragen haben, können Sie gern die Schnürung verstärken. Für den Anfang scheint mir dies aber genug zu sein."

Damit verknotete sie die Schnüre, fasste einmal fest in Judiths Taille und schien sehr zufrieden zu sein.

„Gut", sagte sie und sah Judith direkt in die Augen. „Glauben Sie mir, ich habe selten eine so wohlproportionierte junge Frau vor mir gehabt, mit so wenigen Problemstellen, die zudem wie geschaffen zu sein scheint für ein Korsett. Ich kann Sie nur beglückwünschen!"

Judith wurde rot, sagte leise: „Danke".

„Nun also ans Kleid …"

Und jetzt ging es los!

Judith und Barbara verbrachten den gesamten Nachmittag in dem Kaufhaus und probierten unzählige Kleider in den unterschiedlichsten Stilen, Schnitten, Stoffen und Farben. Am Ende hatten sie für beide ein Abendkleid samt den zugehörigen Handtaschen und Schuhe gekauft, letztere mit ‚nur' 9 Zentimetern Absatz, da sie – Judith war bei dem Gedanken erstarrt – tanztauglich sein sollten. Die Kleider schrien förmlich danach, in ihnen zu tanzen, schwärmte die Verkäuferin, das sei auch bei den Schuhen zu bedenken. Und der Standard bei Tanzschuhen lag ohnehin eher bei 6,5 bis 7 Zentimeter-Absätzen.

Auch Judith hatte sich im Übrigen schließlich für ein schulterfreies Kleid entschieden, nachdem die Verkäuferin einerseits ihre Schultern gelobt hatte – der dezente Muskelansatz an den Oberarmen sei inzwischen ja auch für eine sportliche Frau ein durchaus erotisches Accessoire, hatte sie gesagt – und nachdem sie andererseits mit einer ganzen Reihe von Jäckchen experimentiert hatten, mit denen Judith bei Bedarf die Schultern verdecken konnte. Auch dieses Jäckchen machte die Schultern nicht breiter, aber nachdem die Verkäuferin das Korsett zweimal enger geschnürt hatte, war Judiths Taille schon jetzt so schmal, dass zwischen Schultern, Taille und Hüfte bzw. Po wirklich weibliche Rundungen entstanden waren.

Nun hatten sie also beide Abendkleider, bei denen sich das Oberteil eng um Brust und Taille schloss, während die Röcke stoffreich ausgestellt waren – nicht gerade wie ein Petticoat, aber dafür wallend wie ein Meer von Gaze. Judiths Kleid und Jäckchen waren nachtblau und hatten glitzernde Applikationen auf dem seidig glänzenden Stoff, Barbaras Kleid war dunkelrot und im Bereich der Brust ein wenig gewagter – mit einem atemberaubenden Dekolletee, in dem wesentlich mehr sichtbar wurde, als Judith es sich jemals getraut hätte. Außerdem hatte es verführerische Spagetti-Träger, war aber ansonsten ebenfalls elegant schlicht. Es war gut vorstellbar, wie der weiche, leichte Stoff des langen Rocks hinter ihr her wehte, wenn sie sich auf der Tanzfläche drehte.

Als sie mit diesen Dingen fertig waren, sagte Barbara in entschiedenem Ton: „So, machen wir Schluss für heute. Es fehlen uns noch Schmuck, Dessous, vielleicht ein Parfum. Aber es wird draußen schon dunkel und ich glaube, wir brauchen jetzt erst einmal einen Kaffee. Was meinst du?", wandte sie sich an Judith.

Diese antwortete, nachdem sie ein wenig angestrengt eingeatmet hatte: „Das ist mir sehr recht. Ich glaube, ich kann jetzt nicht mehr."

Es wurde alles zur Kasse gebracht, bezahlt, eingepackt. Dann verabschiedeten sich die beiden glücklichen ‚Damen' von der Verkäuferin, die sich anbot, ihnen auch bei dem, was noch fehlte, weiterzuhelfen. Barbara versprach, sich zu melden, wenn sie zu ihrer nächsten Shopping-Tour aufbrachen. Dann verließen sie mit großen Tüten in der Hand das Kaufhaus.

„Möchtest du einen Kaffee?", fragte Barbara die still neben ihr hergehende Judith.

„Ich glaube, ich würde gern nach Hause fahren. Ich möchte mich umziehen ..."

„Umziehen? Möchtest du das Experiment beenden?"

„Nein!" Judith lächelte still und glücklich, „nur etwas anderes anziehen – und mal nachsehen, wie es darunter aussieht."

„Darunter?"

„Na, ich trage doch immer noch ..."

„Ach so, ja, natürlich. Wie sieht es da aus?"

„Glitschig, fürchte ich. Nach so langer Zeit!"

„Aber du hast doch nicht ..."

„Nicht bewusst, natürlich. Aber so viel Aufregung hinterlässt selbstverständlich Spuren, und" – sie senkte im Gehen die Stimme – „im Gummislip können die ja nirgendwo hin."

„Soso." Barbara lächelte versonnen. „Na, da bin ich ja gespannt. Dass du mir nur nicht dein Korsett bekleckerst!" Sie gingen einige Meter weiter, in Gedanken versunken. Dann lächelte Barbara versonnen. „Ich habe ohnehin immer wieder erwartet, dass die Ballpumpe irgendwo sichtbar würde. Sie hätte ja rausfallen und dir dann zwischen den Beinen baumeln können."

„Oh, ich habe sie immer, wenn ich gerade allein in der Kabine war, überprüft bzw. neu gesichert. *Dieses* Risiko wollte ich dann doch nicht eingehen – obwohl Frau Blumerschein ,es' ja nun weiß."

„Hat dich das nicht schockiert?"

„Eigentlich nicht. Ich war im Gegenteil sogar irgendwie erleichtert. Sie ist so nett, und dass sie es weiß, macht vieles einfacher. Auf Dauer hätte ich ohnehin nicht verbergen können, dass mein Busen ,aufgespritzt' ist."

„Mein Schatz: *Lippen* spritzt man auf. Ein Busen wird höchstens vergrößert, übrigens durchaus mit Silikon, wie bei deinem Busen ja auch."

„Okay, okay. Tatsache ist, dass ich erleichtert war. Für Frau Blumenschein schien mein Geheimnis ja auch in keiner Weise anstößig zu sein."

„Du machst das alles aber auch ... hinreißend! Wirklich: Du bist eine sehr anmutige junge Frau, die all dies mit großer Aufmerksamkeit und Behutsamkeit tut. Das hat so gar nichts Anstößiges, wie diese Kerle mit den riesigen Beulen in ihrem Spitzenhöschen und ihren unrasierten Bierbäuchen. Es ist wirklich schön, dir bei deiner Entdeckungsreise in die Welt ‚hinter dem Schrank' zuzusehen."

„Na, dann wäre als nächstes vielleicht ein Mittelalter-Prinzessinen-Outfit angesagt. Dann muss ich mir nur Gedanken darüber machen, ob ich selbst ein Schwert in die Hand nehmen oder lieber in Ohnmacht fallen und mich beschützen lassen will. Wobei mir das Korsett wahrscheinlich wenig Entscheidungsfreiheit lässt."

Barbara lächelte amüsiert. Dann trat sie im Gehen näher an Judith heran, fasste sie um die bemerkenswert schlanke Taille und zog sie ungestüm an sich. „*Ich* werde dich beschützen!", sagte sie leise, „schon vergessen? Und wenn es sein muss, mit Schwert und Schild! Und wenn ich dafür die Burg der bösen Zauberin erstürmen, dich aus den Fängen ihres perversen Gnoms reißen und den schwarzen Drachen töten müsste, dem du – die schöne Jungfrau – zum Fraß vorgeworfen werden sollst!"

„Ich wäre nur gespannt, was passierte, wenn *der* hinter mein Geheimnis käme, während er mich frisst." Judith lachte laut auf. „Ob ich dann auch so glimpflich davon käme wie bei Frau Blumenschein?"

Kapitel 8
... kein Empfinden mehr für die Umgebung

Zu Hause angekommen, wollte Judith unbedingt das Abendkleid noch einmal anziehen.

„Nein, mein Schatz," wehrte Barbara ab, „dafür ist es heute zu spät. Ich würde gern gleich essen, und du wolltest dich ja auch noch umziehen und frisch machen, oder nicht? Außerdem habe ich noch etwas vor. Deshalb würde ich dich bitten, dich ganz auszuziehen und zu duschen. Und wenn du damit fertig bist, sagst du mir Bescheid."

Judith war ein wenig enttäuscht. Andererseits musste sie Barbara zustimmen. Also ging sie ins Schlafzimmer und zog sich aus, stellte sich dann unter die Dusche, entfernte das Gummihöschen – nicht ohne vorher die Pumpe zu betätigen und den Dildo ein ganzes Stück aufzublasen, was sie erst sehr erregte und dann wehzutun begann – und wusch und rasierte ihren Schoß sehr sorgfältig. Anschließend cremte sie ihn ein und rief dann nach Barbara.

Diese kam mit einer kleinen Tüte in der Hand ins Bad.

„Sehr schön," sagte sie, „so kann man dich doch auch wieder ansehen." Und sie lächelte. „Ich habe hier etwas für dich", fuhr sie fort. „Ich bin gespannt, wie es dir gefallen wird."

Während sie die Tüte öffnete und den Inhalt heraus nahm, fuhr sie fort: „Es sind, wie du siehst, Tattoos, die aber nicht in deine Haut geritzt, sondern nur aufgeklebt werden. Sie halten etwa eine Woche, dann verschwinden sie wieder. Ich bin darauf gekommen, weil eine Kollegin ein auffälliges Tattoo an ihrer Schulter hatte und ich sie fragte, wie sie sich dazu hatte entschließen können. Da sagte sie, dass das ja nur ein ‚Tattoo for a Week' sei, das sie nicht ihr Leben lang behalten müsse. Also habe ich gleich auch welche bestellt."

Barbara legte eine Reihe von Motiven nebeneinander auf eine Kommode. „Sieh mal, hier haben wir verschiedene Formen von Rosen – nur die Blüte, die Blüte mit Stiel und Blättern, dann sehr kunstvoll gestaltete Rosen. Dann ein *sehr* weibliches Motiv mit ein bisschen Glitter: Herzchen mit der Aufschrift ‚Bad girl'. Außerdem drei Motive mit sexy Pin up-Girls, die mir ganz besonders gefielen und die ich *unbedingt* an dir sehen will. Und schließlich" – sie lächelte verschmitzt – „ein echtes Arschgeweih! Auch hierbei tut es mir leid, dir mitteilen zu müssen, dass du da leider keinerlei Mitspracherecht hast. Das wirst du tragen müssen, einfach weil ich es so heiß finde und es gern an dir, meiner heißen Braut, meinem Sexspielzeug, sehen will!"

Judith fühlte sich ein wenig unbehaglich, zugleich spürte sie den Reiz. Wenn sie diese Tattoos trug, wurde sie tatsächlich ein wenig zu einem Sexobjekt – nicht so sehr im Fall der Rosen, obwohl es da auf die Stelle ankam, wo sie sie trug, aber mit Sicherheit bei dem Pin up-Girl. „Wo soll das denn hin?", frage sie zaghaft.

„Also, eine Rose kommt in deine Bikini-Zone, und zwar so nahe an deinen Schwanz, dass sie halb durch das Bikini-Höschen verdeckt wird – aber eben nur halb, man soll sehen, dass da etwas ist ... Das Pin up-Girl muss irgendwo hin, wo man es *auf jeden Fall* sehen kann."

„Was?"

„Ja, sicher, das macht ja eine Aussage über dich! Du *bist* dieses Girl, jedenfalls in meinen Augen. Das soll wie eine Aufschrift sein, wie das Schild ‚Marmelade' auf einem Marmeladenglas oder die Aufschrift ‚Gleitgel' auf einer Tube mit Gleitgel. Bei dir soll das heißen: Ich bin ein Pin up-Girl und so möchte ich auch behandelt werden."

„Aber davon war bisher noch nicht die Rede."

„Nicht? Oh, ich glaube doch! Und wenn nicht, dann tun wir es eben jetzt. Und was ist schon so schlimm daran! Immerhin trägst du inzwischen einen Latexslip und ein Korsett. Da kann dich doch ein solcher Aufkleber nicht erschrecken, oder? Also, ich denke, wir sollten es dir entweder auf die Schulter machen oder auf das Schulterblatt, also am Rücken."

„Am Rücken habe ich doch schon das Arschgeweih."

„Aber das sieht man ja nicht! Das sehe nur ich, wenn ich dich ausziehe."

„Aber ich habe nichts Schulterfreies – außer dem Abendkleid", fiel ihr selbst mit Schrecken auf: Im Abendkleid, schulterfrei – und dann mit dem Tattoo eines Pin up-Girls auf ihrer Schulter? Das konnte heiter werden! Andererseits wäre *das* wahrscheinlich *wirklich* heiß!

Barbara lächelte amüsiert. „Da hast du allerdings recht. Vielleicht machen wir es dir auch auf den Arsch." Sie lachte laut auf. „Was hältst du von deinem Hals?"

„Was?"

„Na, wir machen es einfach auf deinen Hals. Den sieht man ja. Auf die Seite – oder besser noch: vorne. In dein Dekolletee. Auf den Busen geht ja leider nicht. Oder wir machen es in deinen Nacken. Das wär's doch! Man sieht es, wenn man dich von hinten sieht, und du kannst es praktisch nicht verdecken. Es ist die Botschaft an den, der hinter dir steht und den du nicht beobachten kannst."

„Das gefällt mir aber nicht so. Ich möchte es schon auch selbst sehen können. Und im Nacken – das ist irgendwie eine komische Stelle."

„Hm", machte Barbara, „wir müssen mal im Netz nachsehen, wo Frauen eigentlich Tattoos haben. Wahrscheinlich bleibt uns nicht viel anderes, als die Schulter, der Ober- oder auch der Unterarm, oder eben der Hintern. Da sieht man es zwar nicht, wenn du normal gekleidet bist, aber es ist immerhin da und ich sehe es, wenn ich dich ausziehe. Und ich weiß ja, dass es da ist, und das ist schließlich die Hauptsache. Ich kann es mir *vorstellen*, selbst wenn du gerade keinen Rock anhast." Barbara lächelte verschlagen. „Wie wäre es übrigens mit einem Tattoo am Bein? Kurz oberhalb der Fesseln. Das wäre auch eine gute Stelle, fällt mir gerade ein, da sieht man es durch die Strümpfe. Lass uns mal darüber nachdenken."

Nun machte auch Judith „hm", und war sich tatsächlich sehr unsicher.

„Okay", sagte Barbara nach kurzem Schweigen, „auf jeden Fall bringen wir jetzt erst einmal die Rose und das Arschgeweih an. Gewaschen und sauber bist du ja jetzt wieder – aber im Schritt musst du dich noch einmal nachrasieren. Da musst du wirklich ganz glatt sein. Los!"

Nachdem Judith dieser Anweisung mit aller Sorgfalt nachgekommen war, nahm Barbara die Rose mit Stil und Blatt in ihre Hand und entfernte die Plastikfolie. Dann legte sie das Tattoo in Judiths Schritt, sehr nahe an den Schwanz-Ansatz, aber ein Stückchen oberhalb, so dass sie nicht etwa durch den angewinkelten Oberschenkel verdeckt werden konnte, wenn Judith – in diesem Bereich – nackt war. Sie nahm ein Tuch, das sie angefeuchtet hatte, legte es auf das Tattoo und bat Judith, es für etwa 30 Sekunden auf die Haut zu drücken. Schließlich löste sie ganz vorsichtig das Papier vom Tattoo, das auf diese Weise auf Judiths Haut verblieb. Liebevoll tupfte sie ein wenig mit dem Tuch auf dem Tattoo herum, um eventuelle Kleberückstände zu entfernen – und weil sie ganz offensichtlich fasziniert war.

„Das sieht doch toll aus!", freute sie sich schließlich. „Wunderbar! Wie findest du es?"

Judith stimmt ihr zu. Es sah einfach heiß aus, die zarte Rose neben dem sauber rasierten Schwanz.

„Also weiter – jetzt das Arschgeweih."

Judith musste sich auf den Bauch legen. Barbara wiederholte die Prozedur, hielt aber diesmal selbst das gut angefeuchtete Tuch, zog schließlich das Papier ab, tupfte und blieb dann in Betrachtung versunken neben Judith sitzen.

„Wouw!", sagte sie schließlich, „heiß!" Sie strahlte.

Judith stand auf und betrachtete sich umständlich im Spiegel. Barbara hatte recht. Wieder hatte sie sich ein Stückchen verwandelt, diesmal wieder ein wenig in Richtung Sexobjekt. Das Tattoo war zart und filigran, zeigte in der Mitte einen großen Schmetterling – Zeichen ihrer eigenen Transformation –, nach außen hin endete es in verschnörkelten, rosa Arabesken. Kunstvoll, zart … und *sehr* anmachig. Sie war sprachlos.

„Das gefällt mir!", sagte Barbara mit starker Betonung, und ihre Blicke schienen Judith verschlingen zu wollen, deren Schwanz im Verlauf der Operation wieder gewachsen war.

Beide waren begeistert. „Los, wir probieren das jetzt auch am Bein! Das ist doch eine tolle Stelle für ein Pin up-Girl." Barbara legte verschiedene Tattoos nebeneinander und entschied sich, ohne Judith weiter zu fragen, für ein Pin up-Girl im Häschen-Kostüm im Stil der 1940er Jahre, mit blond toupierten Haaren, langbeinig und mit einem sexy Puschel an ihrem süßen Hintern. „Das ist es!", sagte sie freudestrahlend, „das passt zu dir! Das machen wir dir jetzt auf dein Bein, an die Seite, kurz oberhalb deines Knöchels! Und vielleicht legen wir dir dann ja sogar noch ein goldenes Fesselkettchen um dein Fußgelenk. Damit auch jeder gleich sieht, was du für eine bist!" Und sie lachte Judith an und war schon dabei, das Tuch neu anzufeuchten und die Plastikfolie am Tattoo zu entfernen.

Da sie inzwischen Übung hatten, war auch das Bunny-Pin up-Girl schnell angebracht und getrocknet. Barbara streichelte vorsichtig darüber und sah Judith glücklich an. „Zum Anbeißen", sagte sie, „ich könnte gleich über dich herfallen!"

Doch sie hielt sich zurück. „Okay, soweit dies", sagte sie schließlich und zwang sich, in einen geschäftsmäßigen Ton zurückzufallen. „Jetzt weiter. Wir sind ja noch nicht fertig. Als du vorhin über ein Prinzessinnen-Outfit und darüber gesprochen hast, ob du ein Schwert nimmst oder doch lieber in Ohnmacht fällst, ist mir eingefallen, dass ich zumindest einen Teil eines solchen Outfits habe. Ich bin einmal zu Karneval als mittelalterliche Wirtin oder Magd oder so gegangen. Moment!"

Damit verschwand sie im Schlafzimmer und kramte hörbar in irgendeiner Kiste, die sie aus den tiefsten Tiefen ihres Schranks hervorgeholt hatte. Judith folgte ihr.

„Hier!" rief Barbara irgendwann, „das ist es!" Damit hielt sie Judith ein weißes Leinen-Gewand hin, das Judith sehr an ein Nachthemd erinnerte.

„Nein, das ist kein Nachthemd. Das ist eine so genannte Chemise – eine Art Unterkleid. Zieh es mal an!

Für die Frauen damals, die ja noch keine Hosen trugen, war es sehr praktisch. Dieses Unterkleid war gewissermaßen die Grundausstattung. Darüber zog man alles andere: Röcke, Mieder, Schürzen. Dieses Hemdkleid konnte gleichermaßen die Bluse ersetzen, wie es einen zu langen Schlitz im Rock kaschieren konnte. Und du siehst, es hat sogar verführerische Spitzen, die man entsprechend einsetzen kann.

Ohne irgendetwas darüber sitzt das Kleid tatsächlich ein bisschen wie ein Nachthemd, da es sehr weit ist. Tailliert wird es erst durch Mieder und Rock. Dadurch ist es luftig, was zum Beispiel im Sommer sehr angenehm sein kann. Schließlich kann man darunter praktisch nackt sein, so wie du jetzt.

Und – *by the way* – das ist auch richtig so. Denn im Mittelalter hatten die Frauen, wie du wahrscheinlich noch nicht weißt, noch nicht die Hosen an, ja, sie trugen ganz buchstäblich keine Hosen – auch keine Höschen! Sie waren nackt unter einem solchen Kleid!"

Judith lachte. „Das stelle ich mir sehr … unsicher vor."

„Das war es sicherlich auch! Die Feministinnen sagen, dass das ein Mittel der Männer gewesen sei, die Frauen zu unterdrücken – weil sie durch ihre Nacktheit gewissermaßen ständig in Unsicherheit gehalten wurden. Stell dir nur mal vor, wie es gewesen sein muss, wenn eine Frau ihre Tage hatte und blutete! Sie musste sich da irgendetwas reinstopfen – für die Frau erniedrigend und für die Männer immer ein Grund, Frauen als ‚unrein' zu bezeichnen und sie zum Beispiel von geistlichen Ämtern, also von Ämtern in der Kirche, fernzuhalten. Das geht, wenn ich es richtig weiß, schon auf die Bibel zurück. Die Vorschriften dort sind alles andere als erregend, stattdessen wirklich diskriminierend. Frauen sind einfach unrein, da können sie sich noch so viel waschen. Aber nichtsdestotrotz konnte die Situation der Frau, die solch ein Gewand trug, auch sehr erregend sein. Und das werden wir jetzt einmal nachstellen."

Sie legte Judith über der Chemise das Korsett um, das diese zum Duschen abgelegt hatte, und zog die Schnüre am Rücken sorgfältig an. Als Judith andeutete, dass sie fest genug seien, zog Barbara noch ein wenig weiter, bis Judith empört protestierte. „Gut", sagte Barbara zufrieden, „das sollte erst einmal reichen. Außerdem haben wir ja auch noch einen langen Satinrock, den du sehr gut darüber anziehen kannst, auch wenn er für ein mittelalterliches Gewand zu eng geschnitten ist und auch der Stoff natürlich nicht in die Zeit passt. Auf jeden Fall wird der Rockteil der Chemise auf diese Weise zum Unterrock. Das muss für den Augenblick dann auch schon genügen, da wir dir noch kein vollständiges Überkleid besorgt haben – was übrigens auch ein barockes sein könnte, denn ich glaube, da haben die Frauen auch noch keine Höschen angehabt, dafür aber umso mehr Unterröcke. Vielleicht möchtest du dir noch Stay-ups anziehen, oder Strapse. Und deine High heels natürlich. Aber damit bist du dann auch schon vollständig. Mehr hatte eine Frau zu jener Zeit nicht an, es sei denn obendrüber."

Judith rollte vorsichtig die Stay-ups über das Häschen-Pin up-Girl-Tattoo und fixierte sie ordentlich an ihren Oberschenkeln. „Aber, ich würde schon gern ein Höschen anziehen", sagte sie.

„Kommt nicht in Frage!", entgegnete Barbara bestimmt. „Nein, du bist bisher immer vollständig verpackt gewesen unten herum. Es ist Zeit, dass du so langsam die Freiheit entdeckst, auch ohne Höschen durch die Welt gehen zu können."

„Aber bei mir ..."

„Nichts aber!", beharrte Barbara. „Das ist *auch* eine Erfahrung. Wieder so ein Geheimnis, das du in aller Öffentlichkeit herumträgst, ohne dass jemand etwas davon ahnt. Und dadurch wird sie zu einer sehr erregenden Erfahrung glaub' mir!"

„Aber wenn ich erregt bin, wird es da mehr als nur eine Beule geben in meinem Rock", beharrte Judith.

„Dann sieh zu, dass es nicht – oder nur in Maßen – geschieht!" Barbara blieb unerbittlich. „Oder ertrag' eben den Spott deiner Umwelt. Außerdem würde ein Höschen deinem frischen Tattoo wahrscheinlich schaden. Nein, wir lassen das erst einmal so. Außerdem bist du für mich dann viel besser zugänglich." Barbara grinste, trat nahe an Judith heran und griff sanft in ihren Schritt. „Wie war das noch gleich mit der ‚O': sie durfte doch auch kein Höschen tragen, wenn ich mich recht entsinne, ja sie durfte nicht einmal die Knie schließen. Damit sollte sie demonstrieren, dass sie allzeit bereit war, ihren Herrn zwischen ihren Beinen zu empfangen. Sei froh, dass wir noch nicht so weit gehen!"

Judith war es wieder einmal unbehaglich, aber wiederum fügte sie sich, selbst wenn sie deutlich ein ‚noch' gehört hatte, das ihr diffuse Sorgen bereitete.

Sie zog ihre Schuhe an, dreht sich um und wollte in die Küche gehen, um das Abendessen vorzubereiten.

„Ach, noch eines", rief Barbara hinter ihr her, „damit du nicht *ganz* so nackt bist: Leg' doch bitte den Keuschheitsgürtel wieder an."

„Wie bitte?"

„Ja, wir wollen doch nicht nachlässig werden: Keuschheitsgürtel und Tampon, bitte!"

Judith hatte das starke Gefühl, dass Barbara einen ganz bestimmten Plan verfolgte. ‚Okay', dachte sie, ‚wollen wir doch einmal sehen, worauf das wieder hinausläuft.' Also tat sie, was Barbara wünschte, legte den Keuschheitsgürtel an – was nicht einfach war und nur mit Hilfe von Gleitgel gelang, da ihr Schritt auf die unerwartete Freiheit entsprechend reagiert hatte – und führte ein Tampon ein, was noch immer ein erregendes Gefühl war, irgendwie erniedrigend und gerade dadurch erregend. Sie würden daran denken müssen, ihr eine neue Packung zu kaufen; die erste hatte sie schon beinahe aufgebraucht; so lange dauerte ihr Experiment also schon.

Anschließend steuerte sie die Küche an, während Barbara noch immer im Schlafzimmer war und dort irgendetwas tat.

Judith band ihre schöne Schürze um, trug mit klackernden Absätzen Teller und Besteck auf und wärmte den Ofen vor, um eine Pizza heiß zu machen. Sie holte eine Flasche Rotwein, entkorkte sie, probierte ihn, stellte Gläser auf den Tisch, legte frisch gebügelte Servietten dazu und stellte die Flasche daneben. Bei jedem Schritt spürte sie, wie sich ihr Schwanz in seinem PVC-Futteral in ungewohnter Freiheit bewegte. Das war erregend, und hätte der Schwanz gekonnt, wäre er wahrscheinlich wieder angeschwollen. Aber die Hülle hinderte ihn, und so musste er bleiben, wo und wie er war, halb erregt und dadurch unbefriedigt. Schließlich war der Tag so voll gewesen, dass sich eine größere Menge Liebessaft samt entsprechendem Druck angesammelt hatte, der danach drängte, sich endlich entladen zu dürfen.

Je länger sie sich so bewegte, desto mehr spürte Judith, dass sie bereit war für ihren nächsten Orgasmus. Sobald der Keuschheitsgürtel entfernt würde ... Der Schlüssel hing wieder an einer zarten Kette an Barbaras Hals.

Plötzlich hörte sie Stöckelschuhe im Flur, die sich dem Esszimmer und der Küche näherten. ‚So kann nur eine wirkliche Frau gehen!', dachte sie bewundernd und erwartete gespannt Barbaras Auftritt.

Sie hatte sich vollkommen verändert. Sie trug eine schwarze Netzstrumpfhose, schwarze Lack-Plateustiefel und ein dunkelrotes Minikleid über einem kurzen, schwarzen Petticoat, das mit ebenfalls schwarzen Samtapplikationen verziert war. Auf dem Bauch führte eine Schnürung in Richtung Dekolletee, das Judith die Sprache verschlug. Barbaras Brüste ragten wie zwei pralle Bälle weit aus dem großzügigen Ausschnitt des Kleids hervor, waren fast bis zu den Höfen der Nippel entblößt. Sie sah absolut hinreißend aus!

Auf ihrem Rücken trug sie zudem zwei rote Fledermausflügel und aus ihrem blonden Haar ragten zwei kleine Teufels-Hörner heraus. Als sie sich nun leicht drehte und aufreizend mit dem Po wackelte, konnte Judith sehen, dass sie außerdem einen ebenfalls roten Teufels-Schwanz hatte, der unter ihrem Röckchen herauslugte und dank seiner Verstärkung anmutig wippte. Es war nicht eindeutig auszumachen, wo der eigentlich befestigt war. In ihrer Hand trug sie eine kleine Peitsche. Die ließ sie nun kunstvoll knallen.

„Was stehst du denn da herum und starrst mich an?", herrschte sie Judith mit verstellter Teufelsstimme lächelnd an, „hast du denn gar nichts zu tun? Bist du mit dem Spülen etwa schon fertig, du Faulpelz?" Und wieder knallte die Peitsche. „Na los!"

Judith hatte gezögert, doch nun ging sie, um bei dem Spiel mitzuspielen, zur Spüle und tauchte ihre Hände in ihren Gummihandschuhen in das noch warme Spülwasser. Die Teufelin trat von hinten an sie heran – da spürte sie, dass sie wieder den Strap-on trug. Er war vorher vom Petticoat verborgen worden. Sie hatte ihn sich umgeschnallt und stieß ihn im Näherkommen Judith sanft zwischen ihre Beine, soweit Rock und Unterrock es zuließen.

„Na, was ist denn das?", herrschte die Teufelin Judith an, „es ist schon alles gespült?" Judith spürte, wie Barbara ihr nun auch mit der Hand zwischen die Beine fuhr und sich in ihre Poritze zu bohren suchte. „Aber eines fehlt noch, das du dringend reinigen musst. Dreh dich um!"

Judith gehorchte.

„Knie nieder!"

Judiths Kopf befand sich nun genau in der Höhe des Schoßes des hinreißenden Teufels.

„Los, leck ihn sauber!", befahl dieser nun, indem er den künstlichen Schwanz mit einer anmutigen Bewegung ihres Schoßes nach vorn streckte. Judith sah kurz zu Barbaras Gesicht auf, doch die sah sie lächelnd an. „Los, du kleines Luder, mach schon!", fügte sie mit deutlich sanfterer Stimme an, „oder soll ich dir Beine machen?" Offenbar hielt auch sie ihre Rolle nicht ganz konsequent durch, denn ihre Stimme klang so weich, dass sie eher einer Liebkosung als einer Schelte nahekam. Oder war es die Vorfreude, die Judith darin hören konnte?

Judith hob das Röckchen und auch den Petticoat. Da ragte ihr der dicke Latex-Schwanz mit seiner äußerst detailliert ausgeführten Eichel starr entgegen. Judith ließ sich Zeit. Sie wollte es genießen. Schließlich war sie inzwischen über das Anfängerinnen-Stadium hinaus.

Sie hob noch einmal den Blick mit ihren wunderschön geschminkten Augen, während Barbara den Dildo noch an Judiths Mund heran schob. Ohne den Blick zu senken, empfing sie die harte Eichel mit geschlossenen, zu einer Möse gerundeten Lippen. Dann senkte sie den Blick, verstärkte den Druck auf den Schwanz, der sich seinen Weg durch ihre Lippen bahnen musste wie ein Schwanz durch die Muschi einer Jungfrau. Einige Male stieß sie sanft dagegen, so dass auch Barbara die Stöße spürte. Mit einem Ruck ließ sie ihn plötzlich durch.

Ganz langsam nahm sie den Schwanz immer tiefer in ihren Mund, ließ die Lippen an den prallen Adern vorbeigleiten und stellte sich vor, wie ihr Lippenstift darauf zurückblieb. Dann kam die Eichel an ihrem Rachen an und sie zog sich wieder zurück. Dabei griff sie nach Barbaras Po unter dem betörenden Petticoat und wiederholte die Prozedur. Langsam führte sie sich den Dildo wieder ein, so weit es irgend ging, und zog ihn anschließend wieder heraus. Schließlich verschwand er praktisch vollständig in ihrem Mund, so dass sie mit ihrem ganzen Gesicht im Petticoat verschwand. Sie erhöhte leicht das Tempo und griff fester zu.

Plötzlich fühlte sie Barbaras Hände an ihrem Hinterkopf, die ihn umfassten. Nun übernahm Barbara den Rhythmus und das Tempo, drückte dabei Judiths Kopf aber noch fester gegen ihren Bauch. Judith löste den Griff um Barbaras Pobacken und überließ ihren Kopf Barbaras Händen, schloss aber ihre Lippen fester um den großen, schönen Schwanz. Barbara begann, den Kopf mit größerer Kraft gegen ihren Schoß zu drücken. Der Schwanz drang tiefer und tiefer in Judiths Rachen ein, so dass diese fürchtete, der Brechreiz könnte ausgelöst werden. Barbara stieß weiter zu und begann schließlich zu stöhnen – erst leise und genießerisch, dann immer lauter. Erst jetzt begriff Judith, dass es sich um einen doppelten Dildo handelte: einen, den Barbara benutzte, um ihn ihr in den Mund zu stoßen, und einen, der in Barbaras Unterleib steckte. Judith nahm eine Hand und griff zwischen Barbaras Beinen hindurch. Sie legte die Hand in die Poritze und begann, mit dem Mittelfinger nach Barbaras Poloch zu suchen. Als sie es erreicht hatte, drang sie langsam ein.

Barbara zuckte unrhythmisch. Sie stöhnte lauter. Judith schob den Finger noch ein Stück weiter. Barbara hielt inne und stieß den Strap-on dann mit noch größerer Kraft in Judiths Mund. Diese spürte den Dildo ganz hinten in ihrem Rachen, musste kurz würgen, doch sie hatte keine Chance, sich zurückzuziehen. Zugleich drang sie mit ihrem Finger weiter in Barbara ein.

Plötzlich hielt diese inne. Sie hatte den Kopf in den Nacken gelegt und schien darauf konzentriert zu sein, was Judiths Finger tat, der inzwischen bis zum Anschlag in ihrem Po steckte. Judith bewegte ihn nun sanft hin und her. Barbara zitterte ein wenig. Judith bewegte den Finger stärker, Barbara stöhnte. Dann legte diese ihre Hände fester um Judiths Kopf und zog diesen ganz in ihren Schoß, so dass er zum größten Teil in ihrem schwarzen Petticoat verschwand. Judith schob zugleich ihren Finger so weit es eben ging in Barbaras Unterleib hinein und bewegte ihn dort so schnell sie konnte hin und her.

Ein tiefes, leises Stöhnen entrang sich Barbaras Kehle. Ihr Kopf lag weiter in ihrem Nacken, ihr Unterleib begann leicht zu zittern. Das Zittern wurde stärker und stärker, schließlich hielt Barbara die Luft an, stieß sie dann mit einem Seufzer wieder aus und rammte den Schwanz einige Male in Judiths Mund hinein. Wenn es möglich gewesen wäre, hätte sie jetzt abgespritzt, dachte Judith und überließ sich der Fantasie, dass Barbara in ihrem Mund kam. Ein erregendes Gefühl, wie die Flüssigkeit in ihren Mund spritzte und sie sie auffing, bevor sie sie herunterschluckte.

Schließlich spürte sie, dass der Höhepunkt vorüber war. Sie hielt ganz still und wartete ab. Barbara blieb noch einige Augenblicke mit in den Nacken gelegtem Kopf stehen, dann lösten sich ihre Hände, sie trat von Judith einen Schritt zurück und sah sie entspannt lächelnd an. „Na also", flüsterte sie, „geht doch!" Sie zog Judith hoch und küsste sie leidenschaftlich auf den eben noch penetrierten Mund.

Schließlich fasste sie sie kraftvoll um die Hüften und drehte sie um, so dass Judith wieder vor dem Spülbecken stand. „Beug' dich vor!" Judith spürte, wie Barbara ihre Röcke hochhob, erst den Satinrock und schließlich die Chemise.

„Du bist ja schon keine Jungfrau mehr", sagte sie lächelnd, „also muss ich nicht mehr viel Federlesens machen, nicht wahr? Allerdings" – ein Schlag mit der flachen Hand auf den Po ließ Judith aufschrecken – „hättest du ruhig auch ein Tattoo auf deinen Hintern machen können. Damit hättest du mir eine Freude gemacht ..."

Sie hielt inne. Noch einmal klatschte die flache Hand auf Judiths Po. „Warte mal", sagte sie plötzlich und war schon in Richtung Schlafzimmer unterwegs, um im nächsten Moment bereits wieder zurück zu sein. „Zieh' das hier an!" Sie hielt ein leuchtend rotes Gummi-Etwas in der Hand, das glänzte, als wenn es poliert wäre: ein Latex-Slip, allerdings als Slip ouvert, also mit einem offenen Schlitz im Schritt. Barbara öffnete den Keuschheitsgürtel und entfernte ihn. „Los!", drängte sie, „mach schon!"

Judith hob ihren Rock und die Chemise und streifte den quietschenden Gummi-Slip über. Der Schlitz saß genau so, dass die Poritze frei lag, während der schon wieder wachsende Schwanz vom warm und weich werdenden Gummi umfangen wurde. Sie löste kurz ihre

Strapse und schloss sie dann wieder oberhalb des Slips, der auf diese Weise wie eine zweite Haut wirkte.

„Dreh dich um!", wies Barbara sie an. Als Judith sich umgedreht und leicht vorgebeugt hatte, hob Barbara wieder ihre Röcke und betrachtete den aufreizend roten, in Latex steckenden Hintern, der im Licht glänzte. „Pervers!", sagte sie, und schon klatschte wieder ein Schlag. „Geil!" Wieder ein Schlag, diesmal auf die andere Backe. „Dass ich darauf nicht schon früher gekommen bin!" Noch ein Schlag, und diesmal bleib die Hand auf dem Po liegen und fuhr langsam die Poritze hinauf, bis sie durch das langsam weich werdende Gummi hindurch den Schwanz und die Eier Judiths in die Finger bekam. Sie begann sie langsam zu kneten. Judith ließ den Kopf sinken und stöhnte. Sofort wurde es feucht im Höschen, der Schwanz bekam Bewegungsfreiheit und Barbara knetete begeistert weiter. Dabei drängte sie sich an den verführerisch aufragenden Po, so dass Judith den Dildo zwischen ihren Beinen zu spüren bekam.

War das geil! Sie war nahe daran, alles um sich herum zu vergessen und sich ganz in dieser Situation und in ihrer Rolle als Sexobjekt zu verlieren. Sie hatte kein Empfinden mehr für die Umgebung, hatte alle Regeln vergessen – und als sie spürte, dass Barbara mit der Spitze des Dildos in ihr Poloch eindrang, spritzte sie ganz unvermittelt in ihren Latex-Slip ab.

Es war nur kurz gewesen, der Schwanz hatte nicht den Platz, sich richtig zu entfalten. Sie war keineswegs leergepumpt. Es war eher eine Bitte um mehr. Ein Eintauchen in eine andere Existenz, in das Dasein des Sexobjekts.

Als Barbara spürte, dass der Schwanz nicht mehr pumpte, hielt sie inne, zog dann die Hand aus Judiths Schritt zurück, drückte den Strap-on noch einmal von hinten zwischen Judiths Beine, so dass er sie an den noch gereizten Eiern kitzelte, beugte sich dann vor und flüsterte Judith ins Ohr: „Wenn du glaubst, dass du damit dein Soll erfüllt hast, dann hast du dich getäuscht! So einfach kommst du mir nicht davon! Du bist jetzt mein Spielzeug – *mein* Spielzeug, hörst Du, es geht nicht darum, was *du* willst!"

Judith spürte wie sich die Flüssigkeit in ihrem Latex-Slip verteilte, wie alles nass und glitschig war. Vielleicht lief da auch etwas an ihren Strümpfen herab. Aber noch war der Drang nach Sauberkeit nicht zurückgekehrt, im Augenblick war dies alles nur megageil.

„Halt deine Arschbacken auseinander!", flüsterte Barbara weiter. „Los, mach schon! – Nein, warte: steh auf und zieh das Höschen aus!"

Judith bemühte sich, dass beim Ausziehen nichts auf den Boden tropfte.

Nun streckte ihr Barbara den Strap-on entgegen: „Mach' ihn feucht!"

Judith sah sie überrascht an. Da nahm ihr Barbara den Slip ab und rieb mit seinem Inhalt den Dildo ein. „Das sollte doch ein gutes Gleitmittel sein, oder nicht?"

Dann gab sie Judith den Slip zurück. „Zieh ihn wieder an! – Jetzt dreh dich um."

Judith nahm ihre vorherige Position wieder ein.

Barbara näherte sich mit dem Strap-on wieder der Poritze Judiths und setzte ihn von hinten an Judiths Analloch an. Als sie zu drücken begann, zeigte es sich, dass er in der Tat gut geschmiert war. Judith entspannte den Schließmuskel und der Dildo drang ohne größere Probleme ein.

Judith wusste nicht mehr, wo ihr die Sinne standen. Nun wurde sie nicht nur als Frau gefickt, jetzt war auch noch Sperma an dem Schwanz, der sie fickte. ‚Man müsste einen Dildo konstruieren, den man mit Sperma füllen kann,' dachte sie instinktiv. ‚So könnte sie mir Sperma in den Arsch spritzen so wie ich ihr Sperma in den Arsch spritze. Und ich *will* Sperma im Arsch haben!'

So weit konnte sie noch denken, dann verlor sie sich wieder, als sie spürte, wie Barbara den Dildo immer schneller und kraftvoller in ihren Hintern rammte. Dabei begann auch Barbara zu stöhnen – sie fickte sich ja gewissermaßen selbst.

Barbara stieß sie so lange, bis sie beide kamen. Sie explodierten, dass sie dachten, noch nie in ihrem Leben einen so intensiven und anhaltenden Orgasmus erlebt zu haben. Barbara zuckte und zitterte, ihr Unterleib verkrampfte sich, sie drückte sich ganz fest an Judiths Unterleib, während Judiths Schwanz sich derart entlud, dass sie sich nur mit äußerster Kraft noch auf den Beinen halten konnte. Der Saft floss schon lange aus dem Latex-Slip heraus, rann langsam an ihren Beinen hinab und durchnässte ihre Strümpfe bis zu ihren Füßen.

Schließlich aber war es vorüber. Barbara zog sacht den Dildo aus Judiths Po, und Judith sank auf den Küchenboden, wo sie für einige Zeit wie betäubt hocken blieb. Barbara saß neben ihr und streichelte sie sanft.

Fortsetzung in Band 2

Inhalt

Prolog		7
1	Überraschungen	15
2	Judith	26
3	Die Badenden	51
4	Empfängnis	67
5	Verwandlung	94
6	Drei sind keiner zu viel	117
7	Goldene und silberne Drachen	138
8	… kein Empfinden mehr für die Umgebung	176